海天译丛

倾覆

Lola Lafon

[法] 洛拉·拉丰 著

王小水 译

深圳出版社

图书在版编目（CIP）数据

倾覆 / (法) 洛拉 · 拉丰著；王小水译. -- 深圳：深圳出版社, 2023.9
（海天译丛）
ISBN 978-7-5507-3859-1

Ⅰ. ①倾… Ⅱ. ①洛… ②王… Ⅲ. ①长篇小说—法国—现代 Ⅳ. ①I565.45

中国国家版本馆CIP数据核字(2023)第104891号

版权登记号　图字：19-2021-018号
Originally published in France as:
Chavirer by Lola Lafon
© Actes Sud, 2020
Current Chinese translation rights arranged through Divas International, Paris 巴黎迪法国际版权代理
Cet ouvrage a bénéficié du soutien des Programmes d'aide à la publication de l'Institut français.
本书获得法国对外文教局版税资助计划的支持

倾覆
QINGFU

出 品 人　聂雄前
责任编辑　邱秋卡
责任校对　万妮霞
责任技编　梁立新
装帧设计　日尧设计

出版发行　深圳出版社
地　　址　深圳市彩田南路海天综合大厦（518033）
网　　址　www.htph.com.cn
订购电话　0755-83460239（邮购、团购）
设计制作　深圳市龙瀚文化传播有限公司 0755-33133493
印　　刷　深圳市新联美术印刷有限公司
开　　本　889mm × 1194mm　1/32
印　　张　9.75
字　　数　193千
版　　次　2023年9月第1版
印　　次　2023年9月第1次
定　　价　48.00元

宽恕，如果要宽恕，那就只能宽恕不能宽恕和无法补赎之事。

——雅克·德里达

《宽恕》

不能宽恕，那就遗忘。

——阿尔弗雷德·德·缪塞

《十月之夜》

那些理由令我们的理性徒劳无功。

埋藏心底的那些事令我们彻夜难眠。

——让－雅克·戈德曼

《彻夜难眠》

1

她曾历经诸多舞台，扮成不同造型，在深夜舞蹈，周而复始。化妆之事，她烂熟于心。许多剧院的后台，她了若指掌，熟悉里面木板的味道，曲折拥挤的走廊，以及舞者们在其间的相互推搡。粉红的墙内，嵌着一些封闭的化妆间，墙布已然陈旧；化妆间里的小梳妆台上立着镜子，镜子边上镶着灯泡，服装师就在一旁，帮她整理演出服，演出服上夹着一张纸条，上面写着“克莱奥”。

下身一条乳白色丁字裤，一条肉色连裤袜，外面再套上一条网眼裤；上身一件缀有珍珠和亮片的胸罩；手上一双长及肘部的象牙白手套；脚下一双珊瑚红绑带的高跟凉鞋。

克莱奥比其他舞者来得都早。她很享受现在这个时刻，没人围着她忙作一团。恬淡而沉静，隐约能听到技术人员的声音。他们正在检查舞台的灯光。脱掉便装，套上一条运动长裤，就这样光着上身坐在镜子前，开始把自己变成另一张面孔。

整个妆容要半小时。她先把瓷白色的粉底倒在掌心，用化妆棉蘸一些打在身上，慢慢地，粉色的嘴唇，颤动的淡紫色眼皮，脸颊上的雀斑，手腕上青色的细小血管，阑尾手术后的疤痕，大腿处的胎记，左侧乳房上的黑痣，都变成了米白色。还得另外找一个舞者帮忙，处理背部和臀部。

晚上六点，化妆师到了，腰间缠着一个兜，里面塞满了各种刷子。他一会儿往这个舞者的额头扑粉底，一会儿在那个舞者脸上涂遮瑕膏，一会儿帮她们画眼线。他带着淡淡薄荷味的呼吸沉静地拂在舞者面颊上，嚼口香糖发出的“吱吱”声如同摇篮曲，女孩们在发胶喷雾中昏昏欲睡。到了晚上七点，克莱奥的面孔与其他夜场舞女并无二致：一个不具名的女孩，贴着夜总会提供的假睫毛，脸颊上抹着海棠色的腮红，画着夸张黑眼线的双眼，珠光粉从颧骨延至眉弓处。

在她面前，挂着数十条紫红色的天鹅绒幕帘，褶皱如波浪起伏。跟往常无数次一样，她开始重复同样的流程，从头到脚认认真真地检查一遍：左右晃晃脑袋，看看头发是否扎牢了；等候舞美总监给倒计时信号期间，还要原地小跳使大腿肌肉热起来。服装师在做最后一次检查，帮舞者固定好羽毛头饰，这头饰是夜总会的固定配饰，看起来像柔美的花环头饰，其实固定在肩胛处，更像是铁制的背包。

女孩们喜欢躲在幕布后，通过外面传来的些微喷嚏声和咳嗽声，猜测当晚观众的情绪：嘿，今晚的观众很兴奋呢！

夜总会的观众来自各地，第戎[①]，罗德兹[②]，或更远的地方。一下车，他们就忙着找座位，嘈杂的观众席宛若初中课堂。座位前的桌子上摆着水晶杯，还有冰镇香槟用的黄

① 第戎，法国东部城市。

② 罗德兹，法国南部城市。

铜小桶，在灯光下熠熠生辉，令人目眩。服务员殷勤伺候，透明的花瓶里插着白玫瑰，桌布洁白，长凳猩红，长长的楼梯铺满了纹路精美的大理石。所有这一切，都令观众们惊叹不已。男士们会把旅途中弄皱的裤面抚平，女士们来这之前则专门去弄了发型。小心翼翼地装在钱包里的门票，或许是生日礼物，也可能是新婚礼物，是早早就买好的。毕竟这样一笔开销，也许一生中也就一次。大厅变得昏暗，观众们更兴奋了，开始窃窃私语。此时此刻，大家不再为日常琐事烦恼，不再担心债务，不再恐惧孤独。每晚登上舞台，克莱奥都觉得，聚光灯下连灰尘都是炙热的，这着实令她吃惊。

舞者突然出现在舞台上，个个婀娜多姿，双臂张开，略弯成弧圆形。她们重新排好队形，精致的脸上挂着一模一样的微笑，动作整齐一致，显得活力四射，光彩照人。

走出剧院后，观众与她们擦肩而过，却根本认不出她们。下了舞台，她们只是一群脸色苍白的年轻女孩，显得疲惫不堪，头发也因发胶变得暗淡无光。

克莱奥读过这样一句话：婴儿之所以迷恋闪闪发光的瓷碟，是源于人类亘古以来对渴死的恐惧。

她还读过这句话：亮片的发明纯属偶然。亨利·拉什曼，新泽西一家公司的员工，负责粉碎被丢弃的塑料垃圾。他经年累月忍受着粉碎机的噪声，直至1934年的某一天，他正准备离开车间，突然瞅见废料桶的碎屑里，一块小圆片闪耀着绿宝石般的光芒。恰值黄昏，这些废弃塑料在微弱的光线下如金银一般闪耀，点缀着粉碎机，像是炽热的云母片。

亮片的发现源于微不足道之事，它们有着不确定的美。别人会对克莱奥说，这东西不值钱，就像她身上的水钻链子，还有她腰上的红宝石玻璃饰品。

一切都是假的，所以这个世界才美啊，美得动人心魄。克莱奥会这样反驳。

九十分钟的时间里，女孩们假装一丝不挂，享受着舞台的快乐。**这就是巴黎**。她们来自世界各地，乌克兰、西班牙、克莱蒙费朗[①]。因常年的汗水浸渍，她们的抹胸已经褪色，上面布满黄黄的污渍，洗都洗不掉。丁字裤上喷了抗菌喷雾，网眼袜在大腿柔软处留下一个个的小方格勒痕，但从远处看，并无任何异常。

一位灯光师曾经传授给克莱奥一个经验：在聚光灯下，最普通的天鹅绒都能熠熠生辉，但真丝衣物的光泽，却会变得暗淡。灯光可以掩盖衣服上的破洞、褶皱和织物的纹路，淡化脸上的疤痕和皱纹，让刺眼的红棕色头发看起来不那么劣质。抹胸上的亮片扎在克莱奥身上，在肋部留下一些朱红色的斑痕，汗水使塑料亮片变得锋利，在腋窝处划出了一道道深红色的伤口。但从远处看，也毫无异常。

① 克莱蒙费朗，法国中南部城市。

跳舞，就是学会分解。脚如匕首，腕如丝带。要有力量，也要足够柔软。尽管钻心地痛，依然要面带微笑，尽管止痛药让人恶心，还是得面带微笑。

克莱奥十二岁五个月零一周大时，每到周三和周六下午，总是无所事事，只能一直守着电视。父母在担忧之余，帮她报名参加了舞蹈培训。妮科尔老师的私教课上，都是一些普罗维登斯私立初中的女学生，她们有着响亮的名字：多米蒂尔、欧仁妮、碧翠斯……更衣间里，她们谈论的，要么是去诺曼底过周末，去巴利阿里群岛①度假，去美国进修英语；要么是妈妈开什么车，爸爸开什么车，家里的女佣如何，保姆如何；还有如何成为法兰西喜剧院的会员，成为香榭丽舍剧院的会员。

克莱奥小心翼翼，闭口不谈自己的住址——郊区的林畔丰特奈②，不提父母的福特福睿斯③，更不谈母亲的职业——大码女装专卖店售货员。

其他女孩的母亲经常来看舞蹈课，就坐在教室尽头的木椅上，偶尔会交叉双脚，但绝不会跷二郎腿。她们一个个围在妮科尔老师身边，说着恭维话，要求她对她们的女儿严厉些。她们被关在了舞蹈大门之外，因此强烈希望女

① 巴利阿里群岛，西地中海群岛。

② 林畔丰特奈，法国法兰西岛大区马恩河谷省市镇。

③ 福特福睿斯是一款经济型的家用轿车。

儿能实现自己曾经的梦想，变得清丽脱俗，不再延续丑陋的血脉。

整整一年，克莱奥一直努力摆脱古典舞初学者的状态，就像有人费尽心思地学习外语，想拥有地道的口音，却怎么也学不像。她尝试摆出优雅的姿态和高傲的眼神，就像妮科尔老师点名表扬的学生一样，让自己看起来像公主，像公爵夫人，可惜并未成功。

一年后，妮科尔老师建议她改学别的东西，例如体操。克莱奥不缺乏活力，但舞蹈要的是优雅……

此后每到周六又复如前，克莱奥只能无聊地看电视。某天，在荧屏上，她突然看到这样一群舞者，他们光芒四射，动作迅捷有力，仿佛急流湍涌。那是《香榭丽舍》片头的一段表演，是母亲钟爱的一档电视节目。

让我们为即将离场的舞者送上最热烈的掌声。在主持人米歇尔·德吕克请舞者下台前，克莱奥赶紧凑近屏幕，仔细观摩他们最后的单腿旋转。收尾的跳跃动作重复了许多遍，洋溢着欢乐。这与妮科尔老师要求的优雅相去甚远，但这正是她想要的。

就这样，克莱奥来到了林畔丰特奈的 MJC 舞蹈中心学现代爵士舞。第一节课上，斯坦老师就把她摇来晃去，还拦腰抱起她走来走去。他直接和学生们说胯，说骨盆，说小腹，说反应，说力量。他下身一条运动裤，上身一件黑色背心，露着结实的胸肌，为学生们完成一连串舞步而欢欣鼓掌。

十分钟后，教室的玻璃窗就蒙上了一层雾气，墙面上溅着星星点点的汗珠，音箱里传出“闪手大师”[①] 和艾琳·卡拉 [②] 的混音版舞曲，震耳欲聋。

一连串的并步和旋转后，克莱奥从教室一侧来到对角线的另一侧，看到镜子里的自己，她大吃一惊：刘海贴着额头，双颊飞起一层绯红，一点也不像公爵夫人。更令她吃惊的是，短短几周后，镜子里的自己变得前凸后翘，这与妮科尔老师的要求大相径庭，那些不可一世的女孩始终身躯板直，收腹提臀。

晚上，在房间里，克莱奥戴着耳机，把音乐分割成一个个八拍小节。5–6–7–8，先靠墙做俯卧撑；1–2–3–4，再做仰卧起坐；7–8，最后再练核心力量。

---

① 闪手大师（1958—　），Grandmaster Flash，美国嘻哈音乐的先驱，历史上第一位DJ，也是第一个提名摇滚名人堂的嘻哈音乐家。

② 艾琳·卡拉（1959—　），美国创作歌手、舞蹈家和演员，曾获两届奥斯卡最佳原创歌曲奖和两届格莱美最佳流行女歌手奖。

斯坦老师的课包含仪式舞蹈、庆典舞蹈和专注度等部分。**重复再重复**：他要求学生不停地练习一个动作。身体一侧突然一阵剧痛，克莱奥屏住了呼吸，但痛苦不过是一段山路，一道坡，翻过去就会迎来释放后的快感。

她努力模仿老师的示范动作，把学过的动作变成肌肉记忆，克莱奥想象中的肌肉纤维是像珊瑚一般绯红的牛排切面。就是这样，当身体抱怨、哀求时，需要继续给它施加压力。

与同龄女孩相比，十三岁的克莱奥要更懂事，知道要无条件服从。课上完后，即使老师连续斥责她一个半小时，她还是支持他、感谢他。到了晚上，双腿在被子里发抖，疼得睡不着。醒来后，还得忍受僵硬得无法屈伸的小腿。洗完澡后，得给大腿后部麻木的腘绳肌抹上樟脑油。父母白天会嘲笑她一瘸一拐的，像个老太太。没有哪天不会有新的疼痛出现，不是这块儿就是那块儿。

斯坦老师列出了练习舞蹈后应避免的一系列活动，为此，她放弃了滑雪，放弃了旱冰，放弃了跑步，连下楼梯也不敢快跑。晚上母亲熨衣服时，她对母亲说，学习舞蹈的痛苦不亚于军训，不过她现在终于可以连转两圈了，而且老师把她从最后一排提到了倒数第二排。母亲听后很是高兴。因为要重复解释一个连续动作，老师发怒了，但他说如果**她成为专业舞者的话**……

成为专业舞者，这几个字充满了魔力。说完，克莱奥不自觉地踩起了脚。她的脚在桌子底下拍打着，食指敲击着桌面，急切地想得到回应。当下的时间仿佛静止了，眼前闪过一连串熟悉的场景：初中的操场、食堂，课后学生拥去买薄饼的小摊，周六林畔丰特奈的泳池，母亲常带她去的勒克莱尔连锁超市，清洗碗碟换来的五法郎零花钱，周六德吕克主持的电视节目，膝盖上的营养餐盘；周日晚上，想到明天是周一，既为周末将结束感到难过，又期待见到同学，开始洗头，吹发，听着父母抱怨令人烦躁的账目：家庭开销又增加了。

她在上初三。初中毕业后，又得进入高中，学习没个尽头，像是一场永无休止的演讲。随着时间的流逝，有些学员放弃了。在斯坦老师的课上，学生们必须拼，只有通过汗水的滋润和老师的不断提醒，气喘吁吁的马达才能继续运转。在日记中，克莱奥反复写着这么一句话：可能也只有舞蹈，才能令她对生活更具耐心。

可惜，事实并非如此。她没有学会耐心等待，而是走了人生的第一次弯路。卡蒂让她隐约看到了未来，于是她冒进了，急不可待，一只脚提前踏入了门内，想走捷径，绕开人生的某个必要阶段。显然，在克莱奥的生命中，卡蒂的出现，恍若一场梦。

卡蒂本名是卡特琳娜，但她喜欢别人叫她卡蒂。

和其他来接女儿的妈妈一样，卡蒂喜欢待在大厅里看斯坦老师上课，但学员中并无她的女儿。课后，克莱奥走向更衣室，蓬头散发，全身是汗。卡蒂朝她走来，跟她打招呼，问是否可以打搅她几分钟。此前还从未有人如此客气地询问过能否打搅她几分钟。对面的女人穿着精致，浅色直筒牛仔裤，驼色长靴，配上同颜色的长款大衣，嘴唇是鲜艳的桃红色，脸颊处是淡淡的桃红，两只大圆银耳环，一脸空姐般的微笑。你叫克莱奥？你有没有看过《五到七时的克莱奥》[①]？没看过？那一定得去看！

卡蒂是一家基金会的代表。她问克莱奥知不知道什么是基金会。

卡蒂笑着说，她为伽拉忒亚基金会工作，基金会会给一些有才华的青少年提供资助。听到这里，克莱奥意识到自己现在满身是汗，刘海贴着额头，双颊如火烧，有点不知所措。

头发这么长，真好啊！卡蒂指着克莱奥的马尾辫，说自己极度缺乏耐心，总等不到头发长这么长。说到这儿，她又是撇嘴，又是叹气，把一缕棕红色的头发绕在食指上玩。

---

① 《五到七时的克莱奥》，阿涅斯·瓦尔达在1962年执导的法国新浪潮电影，入围戛纳电影节金棕榈奖。

简单来说，基金会能为各类特长生提供奖学金。

斯坦老师关上了舞蹈教室的门，对克莱奥说了一声“跳得很棒”。

卡蒂立刻加了一句“没错”。在所有学员中，她一下子就**发现**了克莱奥，她的工作就需要这种敏锐的嗅觉。她一边说，一边用食指点了点自己的鼻尖。

显然，比起母亲，卡蒂更有姿色，比起闺蜜，她又更有诱惑力，成年人对她嘴里的那套说辞会不屑一顾。但她很了解少男少女的心思，话语中点缀着一些具有魔力的词语：**将来**、**发现**、**杰出**。

她问克莱奥知不知道安娜·凯勒，就是《初吻 2》里和苏菲·玛索配戏的演员。卡蒂在一次舞蹈课上看中了她，然后为她安排了一次试镜，之后一切都由基金会处理，最后就成了。她又问克莱奥知不知道薇罗妮卡，最新一期《20岁》杂志的封面人物就是她。同样，也是卡蒂把她推荐给了大卫·汉密尔顿[①]，可她远不及克莱奥有魅力。

听到这儿，克莱奥失望地耸了耸肩，她不想成为模特，也不想做演员。

没关系！卡蒂发掘的人才可不止这两个，她们中有舞者、运动员，还有未来的设计师……她关注的，是对方有没有才华！

你不会打算一直待在这家 MJC 舞蹈中心吧？一个人如果具备能力，就得表现出一定的野心。如果克莱奥感兴趣，

---

① 大卫·汉密尔顿（1933—2016），英国摄影师、导演。

她们可以再聊。这周六怎么样？还在这里？

定位、发现，及物动词：指在一群人或事物中发现、识别或注意到了某个人或某件事物。

晚餐时，克莱奥迫不及待地想把这件事说给家人听。母亲摆摆手，让她先别说话，等晚间新闻结束之后再谈。

电视里，巴黎圣但尼街道的性工作者们在游行，抗议政府对她们的驱逐。画面转至南特，一些传统的天主教徒威胁要烧毁一家电影院，那里放映了让－吕克·戈达尔的最新作品《向玛丽致敬》[①]，但迎接他们的是朋克族的脏水、臭鸡蛋和炮仗。

出演影片的女演员米里昂·鲁塞尔正接受采访，她对自己的幸运惊诧不已：让－吕克·戈达尔在舞蹈课上发现了她。

一直等到天气预报时间，克莱奥终于有机会向父母讲述白天的事：一位穿着非常精致的女士，一家基金会，奖学金，有机会上名校，可以学到很多知识，我的将来，等等。

这家基金会是在找丑八怪吗？弟弟在一旁咯咯笑。她高傲地回道：当然不是，是杰出人才。

“杰出人才”，口中蹦出的这几个字让克莱奥产生了一种置身异地的感觉。眼前这个破旧的家，长方形的餐厅，不远处的沙发，因不堪劳作而瘫坐在沙发里的父母，一下

① 《向玛丽致敬》，戈达尔于1985年执导的奇异爱情片，重新演绎了《圣经》故事，里面充满了情色元素。

子仿佛离她老远。父母的生活节奏慢得吓人，日复一日的辛酸生活对于他们来说宛如一座迷宫，他们能做的，就是指责气象预报净瞎说，抱怨家里总是没有闲钱。他们还特别热衷于找出别人的错误，如果拿到一张金额错误的发票，他们简直会欣喜若狂。

如果要交钱才可以申请所谓的奖学金，那一切免谈。这样的把戏随处可见，别说出来丢人现眼。

母亲说着，睫毛竖了起来。白天涂的睫毛膏，到了晚上已变得僵硬，碎屑掉在面颊上，留下星星点点的污渍。卡蒂的睫毛就不会这样，长而微卷，很是迷人。

克莱奥回到自己的房间，松了口气。父母的唠叨不断，如同一张网，她已在其中迷失多年。

接下来的故事，早已写好。未来的日子，像是一场狂欢。

周六，卡蒂如约而至。她站在玻璃窗后，朝克莱奥招了招手，问她有没有空去餐厅喝杯可乐。

克莱奥说她的想法时，卡蒂会认真听，时不时用力点下头，就像美国电视剧里的桥段。能够被人关注是多么幸运啊！

说说你的故事吧。有想过之后要上哪所高中吗？你是影迷吗？想做艺人的话，应当多关注其他艺术门类。喜欢绘画吗？平时读些什么书？有没有闺蜜，还是说你更喜欢陪母亲待在家里？没什么好朋友？听到这样的回答，卡蒂并不怎么吃惊：谁让你与众不同呢……大多数青少年比较乖，她以前在初中也觉得孤独。但对于命运选中的杰出之人，这也许是必然的代价。

你有没有在清单上写下自己想去的那些培训营呢？

说着那些在《舞蹈》杂志上看过的字眼，例如蒙彼利埃夏季培训营，罗塞拉·海托国际舞蹈中心戛纳培训班等，克莱奥感觉很幸福。

没问题！不过，你不会害怕离开法国吧？眼光应该放长远一点！基金会的评委喜欢有野心的人。今年夏天，为什么不去纽约表演艺术高中试试呢？就是电影《名扬四海》① 里的那所学校！你肯定看过这部电影吧？

① 《名扬四海》，艾伦·帕克执导的美国歌舞片，讲述八个青少年逐梦纽约表演艺术高中的故事。

不过……这部电影并未在电视上播过，克莱奥很少去电影院，英语也不好……而且，父母不会同意她只身一人漂泊异地的。至少得等到她十五岁，甚至是十六岁之后。

这些都不是问题！只要在申请资料中备注——你需要接受一些英语培训。不用担心，卡蒂眨眨眼说，她很理解父母的担心，会向他们解释的。担心是人之常情，但只要他们爱孩子，就不会反对孩子的愿望。她也有一个儿子，年纪和克莱奥差不多大，和祖母住在德龙省。都是些以前的烦心事，她很想他……说到这儿，卡蒂沉默了，失神了一会儿。卡蒂有个儿子，这是个令人放心的信息，一个忧伤而美丽的母亲，让人觉得亲切。

可是……这个伽拉忒亚基金会的申请资料，准备起来麻烦吗？

卡蒂摸了摸克莱奥的刘海：放心吧，我会搞定一切。

你得有耐心，目前不要太高兴，毕竟基金会的选拔是有标准的……卡蒂不能保证入选，她只是把候选人的资料递交上去。但是，她眨了眨眼笑着说，她有内部优先推荐权。

这天晚上，克莱奥翻开字典，查询“影迷”“合理”“标准”这些词的含义。

闭上眼睛，伽拉忒亚基金会的样子浮现在脑海：一座古典建筑，乳白色的墙面，有点像私人诊所，里面有座花园，周围有高高的铁栅栏，走廊上，秀发飘飘的女士手里抱着一些杰出人才的资料，准备交给穿着正装的男士。

她沉浸在梦里，一幕幕从脑海掠过，恍若电影画面。

同时不免忧心忡忡：纽约？她都不知道该怎么去。届时她住哪儿呢？而且在那里举目无亲，肯定比在这里还少朋友。想着想着，她昏昏欲睡，又觉得羞愧，觉得自己安于现状，与父母一般缺乏魄力。还好，卡蒂并未发现。

这周五晚上，母亲接到卡蒂的电话，咕哝了一会儿后突然兴奋起来：克莱奥经常和我们说到您。太好了！太让人高兴了！我们非常感谢您。

母亲仿佛年轻了起来，跳起来对克莱奥说：你通过了初选！

卡蒂约克莱奥周三下午五点见面，初战告捷，得庆祝一下。

克莱奥从未去过那家餐厅，在市政广场附近。里面绒面的长凳是猩红色的，服务员穿着深色的马甲，餐厅里回响着轻柔的音乐。好像每到一个新的地方，即使在林畔丰特奈，卡蒂的形象都会变得越发精致。克莱奥难以想象她会像自己的母亲一样清理洗碗机，或大声抱怨地毯凌乱。

卡蒂开车来接她，熄火后，她往后挪了挪，靠着车窗说，我得看看你。

看完后，她皱了皱眉，轻轻地咬了咬下嘴唇。着装是很重要的，尤其是艺人。而且你已经不是小孩子了，身上的衣服根本体现不出你的创造力，美丽的身材不应该被遮掩起来。

克莱奥系着安全带，觉得双颊火热，她知道自己打扮平庸：海军蓝的腈纶套头衫，母亲挑的粗布长裤，飞行员样式的人造皮夹克，这还是祖母送的圣诞礼物。学校里一些初三的学生都穿尚飞扬①的真皮夹克了。

周六下午一起去趟巴黎怎么样？女孩子不就喜欢逛街吗？我们慢慢挑，找到适合你的风格。好不好？角色瞬间反过来，卡蒂双手合十，像个小女孩一般顽皮地求着她。

① 尚飞扬（Chevignon），法国的复古潮牌，从空军飞行元素撷取灵感。

你喜欢哪个街区？卡蒂问她。克莱奥说起了克雷泰伊阳光城购物中心和雷阿勒市场，之前和表姐去过那里。

于克莱奥而言，巴黎是只有在圣诞节大采购或夏日打折季才会去的地方。巴黎的街道两边都是商铺，第六区有蓬皮杜文化中心，第五区有圣雅克塔。离林畔丰特奈还是有点远，但只要在潮湿且四面来风的林畔丰特奈车站搭上快铁A线，四个站后就可以到巴黎。车厢里烟味混杂着霉味，座椅上满是涂鸦。和母亲一起坐车时，对面坐着的男人会叉开双腿，目光肆无忌惮地在她们身上扫来扫去，最后停在克莱奥身上。巴黎太喧嚣了，返程后依然会令人觉得疲惫。巴黎大堂那里到处都是NRJ音乐电台主持人员异常兴奋的声音，让人厌烦。走在街上，过往的车辆看到行人也不知道减速，司机会熟练地打着方向盘横冲直撞。

母亲给了她五十法郎，仅够吃饭而已。但愿卡蒂不会笑她是个穷鬼！

和卡蒂一起，巴黎没了之前的喧嚣。她们走进一些各具特色的小巷子。狭窄的人行道两边有一些古董店，里面堆放着各式各样的金银器物。店主们似乎被卡蒂悦耳的笑声迷倒了，尤其是当她说“有品位”或者“很精致”的时候。

卡蒂这天穿着一件皮夹克，搭一条黑色长裙。她挽着克莱奥的胳膊，两人穿行于街头巷尾，就像电影里的闺蜜。在一家美国人开的书店里，她连价格都没问就给克莱奥买了一本《舞蹈》杂志。在香榭丽舍大街的一间香水店里，穿着宝蓝色套装的服务员称呼克莱奥为“小姐”。她们给她试用各种香水，玫瑰调的，柠檬调的，水生调的，还有麝香调的，然后紧围住她，闻着她身上散发的味道，试图找到适合她的香味。在老佛爷商场的试衣间里，卡蒂对她说：试试这条短裙，你的身材这么娇俏，穿什么都不为过。随后，两人来到收银台，克莱奥很窘迫，说母亲只给了她五十法郎……

卡蒂打断了她的话：在你这样的年纪，不要去谈钱！克莱奥想记住今天的一切：塞纳河畔的旧书店，梅吉塞里码头宠物店里小狗粉红的鼻子，河畔随处可见的芦苇，甚至偶尔飘来的尿臊味；还有店里那些服务员，她们穿着肉色的连裤袜，脚上套着漆皮小高跟鞋；烈日下的塞纳河呈灰紫色，升腾的朦胧雾气缠绕着每一座桥。

来到茶馆，卡蒂帮她点好了饮料。服务员把她们当成了母女，说她们笑起来很像，这让克莱奥不知所措。

浓烈的情绪令人晕眩，让人不禁嘴角上扬，真希望时间能停在当下。这样的感受，是不是爱呢？

到了周三，卡蒂又出现在大厅里，与一位金发女孩热切攀谈，那女孩盘着发髻，穿着天蓝色练功服和配套的短裙。看到克莱奥，卡蒂心不在焉地点了点头，算是打过招呼了，然后继续与那女孩聊天。换好衣服从更衣室出来时，卡蒂已经离开了。

就这么被挤掉了，被遗忘了。

然而，周六她又来了，浓烈的香水味远远便扑鼻而来，棕红的头发柔顺光滑。克莱奥走出教室时，卡蒂对着她鼓掌：还是你最引人注目！你父母最近有来看你跳舞吗？没有？太可惜了！

卡蒂说与基金会的一位评委碰了面，谈话的具体内容她不便透露，但评委对克莱奥还未提交完整的申请资料感到很惊讶。这可是最好的兆头。现在缺的就是一张漂亮的照片。她会搞定的，只是一道手续而已。不过，现在事情已经有了眉目，最好和克莱奥父母见见面。周六可以吗？

周六母亲来到 MJC 时，舞蹈课已经结束了，她没能听到斯坦老师对女儿的表扬。

克莱奥走出教室的玻璃门时，卡蒂正在为她鼓掌。母亲上前亲了亲女儿，克莱奥的双颊火红，练功服都湿透了。

母亲向卡蒂提了一大堆刁钻的问题：万一自己的女儿获得奖学金，需要去戛纳或其他地方，谁会陪着她？自己不是以小人之心度君子之腹，不过……需不需要专门给女儿开设一个账户，尽管她还不够年龄？至于照片嘛，我们可不会花这个钱。

母亲的话像缝纫机的针头，一下下扎在克莱奥的心上。

卡蒂的回话如丝绸般柔软细腻：您应该为有这样的女儿感到无比骄傲。

听到这话，母亲顿了一下，仿佛有人给她出了一个难解的字谜，过了好一会儿才点了点头。

上车后，母亲对女儿说，这位卡蒂看起来真是精致啊！她身上那件大衣可是名牌货！看来那家基金会给的薪水很高。

在她工作的服装店里，穿着得体又精致的女顾客并不多见。母亲常常抱怨，现在的女人，要么喜欢把屁股勒得紧紧的牛仔裤，要么喜欢像睡衣一样宽松的运动裤。这位卡蒂就不一样，打扮优雅，无可挑剔。

父母随后签署了授权书：我们同意我们的女儿克莱奥参与拍摄一组照片，以便完善伽拉忒亚基金会的奖学金申请资料。

父亲坚持要加上这么一句话：鉴于克莱奥的年纪，拍摄的照片须经他本人审阅后方可传播。克莱奥很是无奈，觉得这很“羞耻”。

自此，克莱奥的生活满是新奇。全新的香水味：圣罗兰的“鸦片”[1]，甜甜的，透着茉莉清香。卡蒂的车里就弥漫着这股甜香，混杂着棕色真皮座椅的味道。还有全新的服饰：有一天，她忘了戴围巾，卡蒂就把脖子上的胭脂红真丝围巾取了下来，顺手送给了她。

一天上午，克莱奥脖子上围着这条真丝围巾，下身一条牛仔短裙，上身一件松石绿羊绒毛衣，立刻成了全班的焦点。过去的她，胸部平坦，不画眼影，不抽烟也不喝酒，除了舞蹈，她对其他任何事都提不起兴趣。去欧尚超市买东西，她从未被男生搭过讪，也从未对哪个男生动过心。现在，这一切都成了过往。

克莱奥和同学们说起基金会，他们听完后个个睁大眼睛，叽叽喳喳地问个不停，这令她很是享受。第二天课间休息时，初三的三个学生走到她面前：你是克莱奥吗？那个奖学金有多少钱？接受体育特长生吗？

即使那些成绩不怎么好的人，现在也会主动向克莱奥问好。初三（5）班有一群女生，她们总是穿着高跟鞋在走廊上踩得吱吱响；偶尔不逃课的时候，她们就在笔记本的空白处胡乱写下一些男生的名字；老师点名念到她们的名字时总是会叹口气：又逃课了。此时的她们，也许正躲在

① “鸦片”（Opium），伊夫·圣罗兰于1977年推出的经典款香水。

某处眯着眼睛吸烟。

偶尔有几个女生心存怀疑，撇着嘴说：以后克莱奥会一丝不挂地出现在杂志封面上，这样的事天天都有。其他人听完会跳出来反驳：胡说八道！卡蒂是女的，又不是老淫棍！

她们嘴上也老挂着卡蒂的名字，仿佛她们也见过这位穿着大衣、一头棕红头发的女士。发生在克莱奥身上的故事仿佛是个奇迹，她们每天早上都围着她叽叽喳喳，询问事情的进展，如同婚礼或洗礼上看热闹的人：**怎么样，卡蒂那边有消息了吗？**

吃早饭时，母亲从头到脚端详着她——马尾辫，专门为拍照挑的篮球鞋，最后说了声“完美”。卡蒂开车来接她，带她来到一条非常安静的街道，来往的行人大多头发花白，穿着过时的米色大衣。随后，两人走进一幢大楼，里面有大大的阳台，高高的廊柱，入口处的大理石地板上铺着松绿色地毯，像是一家小型博物馆。电梯很小，陡然一顿后才停了下来。卡蒂吓了一跳，孩子般叫了一声：这个小区真是充满了年代感！

公寓里百叶窗紧闭，窗帘也未拉开。映入眼帘的，只有一张圆桌，几把椅子，还有一条卷起的地毯，像要搬家一样。卡蒂清理了一下桌上的烟灰缸，嘟哝了一句：他们怎么也不打扫一下。

开始拍照后，卡蒂很有耐心。当克莱奥觉得宝丽来拍出来的照片“真丑”时，她都会轻言安慰，告诉她只需要**放松**下来。

> **放松**：让头脑摆脱忧虑，摆脱精神或思想层面的压力，使身体松弛下来，不产生冲突，不具攻击性。

卡蒂掏出一百法郎递给她时，克莱奥既惊又窘：现在还不知道自己会不会被选上，父母可不希望因此背上债务……

卡蒂安慰她，这笔钱不算预支的奖学金，只是补偿她为此付出的时间成本。这也不是“薪水”，应该说是“酬劳”。

说完，卡蒂又从一个粉色塑料袋里掏出一件祖母绿紧身舞蹈服——这是给你的礼物。

当克莱奥从口袋里拿出一百法郎时，父亲高兴得像个小伙子一样吹起了口哨：我的女儿成明星了！他久久凝视着卡蒂送过来的照片，里面的确是自己的女儿，表情很自然，可以选一张送给她祖母。

晚餐时，克莱奥坚持要穿着那件新舞蹈服，母亲仔细检查了做工和缝线，不禁感叹：丽派朵[1]的东西确实和家乐福的不一样，不过得有钱才行。

---

① 丽派朵（Repetto），法国顶级时装芭蕾舞鞋品牌。

两天后，卡蒂打来电话，邀请克莱奥周三一起吃午餐，谈谈正事。克莱奥的父亲有些担心：但愿不会有什么坏消息。

巴黎这家餐厅有众多名人光顾，墙上贴着许多明星的照片：阿兰·德龙、克里斯蒂·布林克利、波姬·小丝……十三岁四个月零十一天大的克莱奥坐在卡蒂对面，指着隔壁桌的一位女子，说对方是某个电视节目主持人。卡蒂马上斥责了她一番，告诉她这样不礼貌。克莱奥听后频频点头。午餐期间，卡蒂告诉她，作为艺人应该要开放一些，不应该太保守，等等。克莱奥听后又频频点头，虽然有些似懂非懂。

你要是被选中，就得在评委面前表现得成熟一些，显得自己肚子里有真材实料。

克莱奥又点了点头，其实，有些话她并未完全听懂。这次谈话后，卡蒂在她和她父母之间画了一条分界线。幸运的是，她被分在了好的一边。现在的她，很是迷恋生命中的这些新变化。眼前的桌布厚实洁白，异常挺括，像极了乡下人家的床单。餐厅里的服务生个个热情殷勤。她努力模仿卡蒂的举止：吃烟熏三文鱼片时选用小叉子，时不时用石榴红花边餐巾擦擦唇角。用餐期间，有两位男士上来和卡蒂打招呼，她好像到哪儿都能碰到熟人。他们的目光里满是欣赏，久久停留在她身上。

当天晚上，克莱奥盘腿坐在床上，在日记上写下“要努力，不负所望”。为什么，一个身高一米六八，有着褐色眼睛的女孩，会是那个幸运儿呢？不过，为什么不能是她呢？

一位颇有话语权的评委看了她的资料，说想见见她！卡蒂向克莱奥母女宣布了这个好消息，并承诺，她会和克莱奥一起去见他。

来到约定的地点，开门的男子看起来比父亲还要老。他叫马克，说话时像校长一样严肃：许多年轻的女孩子一听说过了初选都异常兴奋，尽管卡蒂一直说你很有潜力，但更重要的是，最终的人选，除了才能之外，还得具备其他一些东西。

你觉得自己有何特别之处？

我的跳跃，我的旋踢！还有……我不怕辛苦。像纽约表演艺术高中的学生一样每天练舞六个小时，对我来说不是什么问题。

你的资料看起来很诱人，但本人少了一些活力，或者说有点儿学生气。

听到这儿，卡蒂身子倾向克莱奥，温和地提醒她：听懂了吗？学生气，就是说太乖了。

马克补充：对，有点太乖了。

克莱奥的心在狂跳，觉得有些透不过气来。随后又沉了下去，仿佛在胃部形成了一个黑黢黢的大水塘。完了，以后不会有人再讨好她，不会有人关注她，通向巴黎的大门也就此关闭了。

卡蒂安慰她：基金会的意义就在于此，我们是一个团队，大家齐心协力，就是为了找出你身上与众不同的某个地方。

听着自己颤颤巍巍地说没什么特别之处，语气稚嫩如同婴儿，克莱奥充满了挫败感，暗自生气。自己的长相真没什么特别的，刚出生时，母亲还把自己和另一个婴儿搞混了。好在自己身上有个胎记，克莱奥边说边指着大腿处。

这有点意思。好吧，你够胆量展示一下吗？

听到“够胆量”这么过时的词，克莱奥差点笑出声来。随后，她很配合地解开了裤子的纽扣，用手指了指三角裤边缘处的那块褐色胎记。

卡蒂对她做了个手势，让她重新穿好裤子：谢谢你抽空参加面试，现在可以走了。

回到车里，卡蒂又给了她一百法郎，还有一个方方正正的礼盒：下一次见评委时，这个礼物可以给她带去好运。里面是圣罗兰的“鸦片”，和卡蒂用的一样。她眨眨眼：这样我们就有同样的味道了。

为什么能得到一百法郎呢？因为灵机一动提到了自己的胎记，还是因为脱下了自己的长裤？她甚至连舞都没跳啊！

因为胆量，卡蒂回答，因为你没有被吓到。对于一名舞者而言，能够临场发挥至关重要。评委们会不遗余力地给候选人制造麻烦，你得有足够的胆量，就像在舞台上一样。

听到克莱奥说一切顺利，父亲很是自豪，并未过多询问。隐瞒另外一种生活的出现，对关心自己的长辈说谎，这居然令她感到些许兴奋。这样的秘密令克莱奥有些飘飘然。她已不动声色地超越了自己的父母。卡蒂还对她说，和评委见面的那间公寓将是她的秘密花园，她可以在那里起飞，成为自己想成为的人。

入睡之前，她小心地嗅着“鸦片”的香味，一股诱人的甜香。

危险的气息有时很柔和，就像眯着眼打盹的野兽。

卡蒂每次来 MJC 都会给她带点礼物，理由五花八门：庆祝冬天结束，庆祝她成功完成三圈旋转，庆祝她法语考试得了 15 分①。甚至毫无理由，就是想送。

椰子味的唇彩，电影《闪舞》②的海报，带精致小锁的日记本——另外一个秘密花园；写着“迪奥”字样的蓝色小盒，里面装着一盘眼影，有金棕色、糖栗色和卡其绿。她用食指蘸了一点，如丝般顺滑。克莱奥喃喃说，在家里和学校都用不了这个。卡蒂反驳：和我在一起时，你可以用啊！想干吗就干吗！

---

① 法国学校采用20分满分制。

② 《闪舞》，1983年上映的美国舞蹈爱情电影，由阿德里安·林恩执导，詹妮弗·贝尔斯主演。

上午的课间休息时间，十三岁五个月零两天大的克莱奥坐在学校操场的矮墙上，被一群同学围着。天气很冷，她用漫不经心的语气对大家说，她临场发挥，震惊了那个年老的马克，奖学金算是收入囊中了。她边说边呼出白白的雾气，语速飞快，像飞出场外的皮球，令人难以招架。有些人听后皱了皱鼻子：你到底展示了什么“杰出”的才能？克莱奥有些不耐烦，反复解释说“这关乎是否成熟”。操场上，几个初二女生躲开了教导员，轮流嗅着那一小瓶“鸦片”。她们小心翼翼地打开刻有“迪奥”字样的眼影盘，感叹着“真漂亮啊”，而且价格不菲，只能在春天百货买到。初三（4）班一个名叫阿琳的女孩讥笑了一句：没有人会毫无来由地送人东西，这些礼物很可疑。克莱奥耸了耸肩，说卡蒂认识许多在名牌店工作的人，而且谁说是毫无来由的？准备一份充分、可靠的申请资料，那可是要花工夫的。

最后她问大家：周末下午谁想去万塞讷看电影？卡蒂推荐她去看《青涩的季节》，里面有范蕾丽尔·卡帕里斯基[①]，超美！

看完电影后，克莱奥给每个女伴买了一块巧克力。店

① 范蕾丽尔·卡帕里斯基（1962— ），法国演员，曾获法国恺撒奖最佳女演员提名，主要作品有《等你说爱我》《越南家书》等。

里的服务员又点了一遍克莱奥留下的小费：五法郎，她不会给错了吧？

她在花店给母亲挑了一束最贵的兰花。那张一百法郎的纸币，外表皱皱巴巴，却给克莱奥带来了全新的友谊。她请她们吃冰激凌、华夫饼，送她们指甲油和最新一期的《首映》[1]，还问她们谁想要荧光粉的发带。学校操场上总有很多人围着她，大家都想知道她接下来的冒险故事，说她高考后可能会去纽约，去电影《名扬四海》里的那所艺术高中。卡蒂送给她一期《小姐》，一本美国时尚杂志，说可以提高她的英语水平。她还去看了安德烈·祖拉斯基[2]的电影《没有私生活的女人》，照理说只有十六岁以上的人才能入内观看。卡蒂在车里给她化妆，她就这样混了进去，真是太有意思了！她向朋友们炫耀新买的飞行员夹克，重复卡蒂跟她说过的话。卡蒂不喜欢平庸，她也不喜欢苏菲·玛索，只有父亲那一辈人和《巴黎竞赛画报》会喜欢这样的明星，她太循规蹈矩了，与波姬·小丝截然不同。

某个周六，克莱奥在书店翻到一本画册，里面有个美国女演员，才十二岁，全身赤裸地躺在浴缸内，平坦的胸部闪着光泽，眼圈上抹着厚厚的眼影，红唇似焰，睫毛浓黑。克莱奥不禁久久凝视。卡蒂斜过身来，耳语了一句：天姿绝色！就像波姬·小丝，不受任何束缚。

克莱奥向父亲炫耀，说卡蒂带她去看了一场展览，父

① 《首映》，法国影视类期刊，于1976年创立。

② 安德烈·祖拉斯基（1940—2016），波兰电影导演、编剧、演员，主要作品有《迷恋》《黑暗宇宙》等。

亲很高兴，说卡蒂真是“上帝的使者”。随后，她把自己锁在房间里，准备读完卡蒂推荐的一本书，玛格丽特·杜拉斯的《情人》。

转眼三周过去了。这个周三，卡蒂告诉克莱奥，她的申请资料通过了第三轮也就是最后一轮筛选，一周内，她将去见评委，地点就是之前去过的那间公寓。这是一次“非正式”的面试，一边吃午餐一边谈话。可惜的是，自己**最青睐的人**被评估，本人却不允许到场。说到这儿，卡蒂懊恼地撇了撇嘴。马克会去你家楼下接你，陪你一同前去。出发前一晚，我会再打电话给你。听完这些，克莱奥的心抑制不住地狂跳。卡蒂伸手摸了摸她的面颊，带来一阵凉爽：**我对你有信心**。她的害怕和胆怯瞬间遁去：她将孤身前往，向评委会证明自己的才华，不让卡蒂失望。面对女儿的自得，母亲总会打击一句：**你把自己当成谁了**？可是卡蒂的眼中满是赞赏，这说明她有资格骄傲，因为她没有拒绝独自一人去见评委。

回到家，克莱奥精疲力竭，那种感觉，就像是午觉睡过头了，或泡了太热的热水澡。

父母追着她问午宴的具体细节，她只能重复卡蒂的那句话：一切尚未确定，但还有下一次机会，这是个好迹象。

看着女儿神秘兮兮的样子，父亲觉得有趣，似乎她刚刚签了某种保密协议，不可透露面试的任何信息。

整个过程中，克莱奥曾两度觉得自己没戏。第一次是刚到公寓时，发现客厅里还有三个女孩，年纪都比她略大。马克说她们也来面试。她听后失落不堪，惹来马克一通责备：你总不会以为只有你一个人来竞选这项奖学金吧？

第二次，**舞者克莱奥**出现在四个男评委面前时，其中一个问她：周末下午能不能陪他一起去加尼叶[①]？“加尼叶？是什么地方？”她的反问引来哄堂大笑。那个评委示意别人别笑，随后解释说，加尼叶就是巴黎歌剧院。克莱奥听后觉得这与自己风马牛不相及，不假思索地回道：我对古典戏剧毫无兴趣，我喜欢的是现代爵士舞，就是《闪舞》里跳的那种，您看过吗？

午宴期间，一位如模特般身材修长的金发美女负责上菜和撤盘子。甜点是奶油蛋白甜饼，上面点缀着红色爱心图案，极为精致。克莱奥小心翼翼地用小勺从边上挖下一

① 加尼叶歌剧院，通称巴黎歌剧院，由建筑大师查尔斯·加尼叶建造，位于法国巴黎第九区。

小块，放在嘴里慢慢品尝。吃鱼的时候，她留了心，没有用错餐具，也没有用面包片蘸盘里的酱汁。那几个女孩看起来也很小心。

在如此幽静的环境里，谈论如此严肃的话题，旁边有那么优雅的服务员，就连桌上装方糖的宝石绿小碟都那么精美。所有这一切，她有机会享用，母亲却没有。想到这儿，克莱奥差点为母亲那枯燥乏味的生活悲叹流泪，不禁想把那烫金的火柴盒带回家送给母亲。她爱母亲，可是母亲没有自己这样的好命。

一个评委夸奖她着装简洁：在你这样的年纪，一件T恤加一条牛仔裤就是完美的搭配，有些年轻女孩现在一味追求时髦，反而庸俗不堪。

这个评委名叫让-克里斯托弗，他穿着隆重，衬衫外面套着一件深色西服，像是来参加婚礼的。到了咖啡时间，他站起身，问克莱奥愿不愿意和他去客厅转转，“相互认识一下”。

和卡蒂一样，他开始问她一些问题，其间突然斜过身子，凑近她的耳朵念了一首诗。克莱奥不禁一哆嗦。

他说此前多次听过她的名字，卡蒂很欣赏她，现在他知道原因了。如果能有机会以某种方式参与她的将来，他会非常高兴。克莱奥赶紧问道：这是不是意味着我得到奖学金了？男人笑了笑：现在就谈这事，为时尚早……

马克来带她走时，她很惊讶，这样就结束了？可是她什么也没做啊，也没人问她将来有什么计划！出发之前，她可是把舞蹈装备都装在包里了，以免……

下次吧，男人答应她。我可以亲你吗？他问。克莱奥点了点头。男人的嘴唇贴了过来，轻柔的呼吸拂过她的颈部，很快就挪走了：你身上有股香草味，让人想要一口吞下。下一次，你愿意被我吞下吗？

又是一百法郎。克莱奥把钱放在自己存放明信片的饼干盒里。也许可以把它交给父母，这样，母亲说话就不会那么尖酸了。母亲一直在抱怨，说家里只有她一个人在精打细算，指责父亲净买些没用的东西，父亲听后嚷了起来，叫她别干涉他的喜好。夫妻双方相互指责各自的消费理念时，爱就有了裂痕。克莱奥躲在房间里，听着父母在隔壁的争吵声，心思却飘远了，飞向了无垠的旷野。

接下来的周三，克莱奥接到通知，还得再次去见评委。父母很是惊讶，学校的女孩们也是。克莱奥重复解释：奖学金数额不菲，评委们比较挑剔，这也可以理解。午宴是现在**流行**的面试方式。细节很重要，候选人是否**成熟**尤为重要。

和卡蒂通电话时，克莱奥说起了第二次面试，卡蒂很欣慰：听说你成功**吸引**了一位评委，这可是压倒性的优势，未来尽在掌握中。

公寓里有一个二十来岁的红发女子，穿着紧身套装，上次并未见过。克莱奥把包挂到架子上，马克在一旁解释说，波拉是卡蒂的得力助手。克莱奥观察着她，年轻女子忙碌起来，走去厨房，然后给每个人分配座位。克莱奥心中满是疑惑：她是大学生？演员？运动员？她也获得过奖学金？卡蒂也会带她去电影院吗？也曾给她送过香水？

克莱奥蓄势待发，今天她一定得摆脱“就要被选上”的标签，她也要成为幸运儿，就像这位波拉。

她坐在让-克里斯托弗旁边，喋喋不休。这是从闺蜜那里学来的，她叫瓦莱丽，敢在英语课上说老师是婊子。她还模仿起斯坦老师那滑稽的美式英语口音：他觉得克莱奥现在就跑去纽约，实在是有点“草率”。她才不这么认为呢！她会证明老师错了。旁边的男子听她说个不停，转头对马克说：这个克莱奥，今天像个女战士！

他用小叉子叉起一只牡蛎，送到克莱奥嘴边，说这是极品美味。克莱奥婉拒了，她不喜欢牡蛎，也不喜欢香槟，太苦了。马克用导师一般的口吻在一旁劝说：你看其他女孩都在干杯呢。她们坐在桌子另一边，正与另外两个比让-克里斯托弗稍显年轻的男子交谈甚欢，瞅都不瞅克莱奥一眼。

让-克里斯托弗已经看了她的资料。可是……

克莱奥，你觉得自己是伽拉忒亚女孩吗？

他突然变得严肃起来。马克双手抱胸，就像他们初次见面时一样，等着她的回答。克莱奥瞬间陷入真空，但在场的其他人似乎并未注意到这里。

我当然是伽拉忒亚女孩。舞蹈就是我的全部，我比别人多付出了两倍的艰辛。还有我正努力学英语，还专门看了一些原版电影，英语比以前好了很多。

其他人和你一样努力，告诉我，为什么我应该选择你，而不是旁边那个女孩呢？

让-克里斯托弗指了指坐在另一个评委边上的圆脸女孩。

克莱奥，你能否更快地……接受新想法？能否更勇于冒险，而不那么……传统呢？你是一个艺人吧？

她马上附和：能……能……能。

克莱奥，你有机会。相比女歌手，我更喜欢女舞者。舞者一般无拘无束，自由洒脱，就像你一样，我**可爱的小**

未婚妻。听到这儿，克莱奥“扑哧”笑出了声，她还太小，怎么能有未婚夫呢。

可以找个男朋友，像对待未婚夫一样先处处看？

你这个年纪，会没有男朋友吗？他叫什么名字呢？……没有？你不会是**性冷淡**吧？

“性冷淡”，这个词仿佛一坨丑陋不堪的铅块，在克莱奥的肚子里熔化开来。

至今为止，自己确实还没为哪个男孩意乱神迷过，在她眼里，他们都是些小屁孩。

我们可以把这个公寓当作欢乐小岛吗？一个完全不同的世界，远离一切俗事，不管那些条条框框，也不管年龄差异。我可以亲你吗，克莱奥？

可以吗？

听完这些，克莱奥身体内的血液似乎瞬间凝固了。从未有人问过她这些问题，也从未有人这样要求过她。让-克里斯托弗在她耳边窃窃私语，语气温柔，满是尊重。克莱奥很喜欢这样的语气。可是他的舌头就像刚才的牡蛎，似乎是死的，却又会动，沾满口水和黏液，不停往更深处探索，上面混杂着酒味，还有酱汁味和香料味，仿佛一个橡胶器械，搜索着，搅动着，呼吸间还传来一股毫无生气的苦涩味。克莱奥终于忍不住了，仿佛嘴里沾了肉屑，或喉咙里含着浓痰，她把它吐了出来，用手背擦了擦嘴。

你不喜欢吗？

还是很紧张？舞者的身体一般不都很放松吗？他显得很惊讶。你不高兴了？感觉失望？

需要的话，波拉可以帮你按摩放松，她很擅长按摩。让－克里斯托弗建议。

可以吗？

闭上眼睛，克莱奥。

十三岁五个多月大的克莱奥只得点了点头。这时候说“不”，就意味着自己**性冷淡**。

克莱奥闭上眼睛，仿佛身处太空，到处都是金黄色的菱形碎片。太阳穴跳得厉害，几乎能听见血液流动的声音，一浪接着一浪。他掀起她的橙黄色布裙，脱掉了里面的连裤袜，腿上的肉随之松垂下来。她暗自提醒自己，一定不要睁开眼睛，一定要沉着镇定。这只不过又是一次新的考验，评委要看她是否会因此不知所措。冰冷的戒指，温热而急切的手指，湿漉漉的呼吸。

克莱奥，放松……

来，放松

小家伙，你得放松下来

手指像是被惹恼的昆虫，因为无法到达想去的地方变得暴躁起来，又像夜晚的蛾子，看见灯光就焦躁不已。克莱奥觉得，自己要做的，就是保持一动不动。

别太紧张，克莱奥，你就像块木头。

可是她实在坚持不住了，她必须去趟厕所。她光着脚，在瓷砖地上乱跑，推开一扇又一扇门。此前她只在餐厅待过，根本不知道厕所在哪儿。坐在马桶上时，她呼吸急促，认真数着地上蓝色和米色的瓷砖：五、六、七、八……“做他的小未婚妻”，这是好事还是坏事？

门外不久就传来了呼唤声：“克莱奥……”

男人用手拍了拍沙发，示意她重新坐下。克莱奥此时说了一句话，改变了原本**剧情**的走向：我刚发现自己来月经了，是第一次，肚子非常痛，抱歉。

那下次吧。

克莱奥走在纵横交错的街道上：阿松普雄街，克莱贝尔大道，瓦格朗大道……纷乱如棋盘。塞纳河在一旁沉闷而缓慢地流淌，不似诺让河段那般。春季时，父母喜欢沿着河边散步。她叫住一个行人：您知道怎么去林畔丰特奈吗？对方说不知道。又问了一个，还是不知道。没有人知道林畔丰特奈。

她不假思索地登上30路公交车，逐渐远离了那间公寓。她闭上眼睛，空调的暖风吹在脚上，耳边传来马达的轰鸣声，她渐渐昏昏欲睡。司机告诉她在哪里下车可以换乘城市快线，还给了她一张半价票，他一定以为她还不满十三岁。

克莱奥重新闭上眼睛，脑袋里还是一片混乱，各种图像快速闪过，就像父亲每次度假后摊在桌上的幻灯片，毫无次序：昆虫，手指，舞者。还有她的叔叔，每年圣诞节晚餐时，他都会一直盯着手表，因为不想错过丽都夜总会①的电视晚会。他说自己在那里做过服务员，克莱奥对他说的一件趣事印象特别深刻：演出一结束，舞者便从一扇暗门溜出去，然后坐上出租车离开，这样可以躲开男观众的骚扰，他们总觉得舞者属于自己。每次说到这儿，叔叔都会晃晃食指：舞者是给大家欣赏的，绝不允许观众碰。

① 丽都夜总会，一家歌舞秀夜总会，位于巴黎香榭丽舍大道，以异国情调的节目而闻名。

当晚她没吃饭，只喝了一点酸奶。弟弟怪声怪气地说她在节食。父亲翻了翻白眼。家里人都心照不宣，周三本就是克莱奥的自由活动日。她也没法开口说自己被人吻了。公寓的事是个秘密，她甚至不知道具体的地址。

她还是觉得头晕，仿佛飞机在空中颠簸。凌晨时分，空空的胃突然一阵恶心抽搐，她差点把胆汁都吐出来。克莱奥咬紧牙关。床上到处都是“鸦片”的香水味，麝香和藿香味交织、弥漫。她起身打开窗户，房内味道浓烈，如沼泽一般将她淹没，就连新鲜空气也退缩了。气味久久不散。

在搞清楚事情原委之前，她真希望时间停在此刻。她不想去学校，那里有众多好事者，大家都等着故事的后续：你和卡蒂怎么样了？伽拉忒亚基金会怎么样？那些一百法郎……真想把自己关在房间里，看看心爱的杂志，玩玩堆在箱子里的毛绒玩具。衣柜底下的抽屉里，有一条方格长裙，还是她十岁时的礼物。母亲一直说要把它捐掉，可是克莱奥舍不得。

父母总叹气，说女儿总把事情想得太悲观。也许他们没错。午宴的事，也许她理解错了，或者说她根本没弄清楚发生了什么。

第二天，电话那头的卡蒂仍旧诙谐风趣，克莱奥大大地松了口气，重新燃起了希望。一如起初，但又有些异样。卡蒂有时会长时间陷入沉默，克莱奥只好主动接话，一直道歉，说自己“表现差劲”。

心在胸腔里“怦怦”乱跳，她像犯了错而受罚的小狗，只好摇头摆尾祈求原谅。放下电话后，她觉得自己的心总算回到了原来的位置，也轻松了下来。语文书里有一段鲍里斯·维昂[①]的小说节选，说“心如睡莲”，正是她此刻的感受。这不是生病的症状，恰恰相反，是痊愈的开始：她没有一败涂地。卡蒂说会和她继续**探讨**，这说明还有机会，她得牢牢把握。

到了那家餐厅，卡蒂已经坐在猩红色的长椅上等她，身穿天蓝色套头衫和白色长裤，显得光彩照人。

之前的午宴，就是为了测试你的**应变能力**。每次发生一些**出人意料**之事，你都要逃避吗？去了纽约，碰到一位举止荒诞的老师，你就准备摔门而去吗？

克莱奥坚信一点：卡蒂并不知道那个男人做的事，否则她一定会说起。卡蒂只关注事物好的一面，专注于发掘人才。卡蒂讨厌**性格上的软弱**。

克莱奥在午宴期间表现出来的态度，是希望那些动作

① 鲍里斯·维昂（1920—1959），法国小说家、诗人、音乐家，代表作有《岁月的泡沫》《我要在你的坟墓上吐痰》等。

继续，还是不太愿意？

耻辱，不只是因为被摸，还因为自己**性冷淡**。

下次，有没有可能换个评委呢？她问道。

卡蒂反问：为什么呢？那个人确实有点嗜好香槟，但能力很强。事后通电话时，他表示非常理解你的举动，而且并未就此**拒绝**给你机会。他说，你得好好想想自己**真正**需要什么。

克莱奥问她：**真正**想要奖学金，就意味着想要被人摸吗？不想被人摸的话，要怎么证明自己**真的**想要奖学金呢？

卡蒂把她送到家楼下，大开着车门，说：请你重回之前的生活吧，没有将来，也没有伽拉忒亚基金会了。

1984年春天，克莱奥惶惶不可终日，整个人恍若断了线的木偶，散作一团，失去行动能力。父母带她去看医生，她病恹恹的，仿佛一堆散发着奇怪恶臭的衣物。因为常呕吐，她去看了肠胃科医生；因为荨麻疹长出一些紫色硬痂，又去看了皮肤科医生；因为哮喘，还去看了过敏病专家。

深夜，她裹在松绿色的被子里抽泣，抵挡着心口的阵阵恶心。母亲握着她的手，弟弟也依偎在她身边：克莱奥，你到底怎么了？

说出来痛苦会加倍。谎言只会带来更多的谎言。

羞耻感更让她难以启齿。她不仅因为当时任人摆布而羞耻，更因为当时不知如何**放松下来**任人摆布而羞耻。

“没必要夸大此事的负面影响。”马克日后如此评述此段往事。

十天后，克莱奥回到了舞蹈教室。这么长时间不练，即使在她这个年纪，退步也显而易见。下课后，斯坦老师嘲笑她脸色通红、气喘吁吁。走出更衣室时，老师叫住了她：那个之前找过你几次的女士在外面等你。

卡蒂坐在车里。克莱奥赶紧把脸凑了上去，仓促间，膝盖撞到了变速杆，鼻子碰到卡蒂的头发，还是熟悉的“鸦片”香。卡蒂发出一串清脆的笑声，她不由得一阵慌乱。

你的申请目前处于“待定”状态，这取决于你能否变得**成熟**。接着，卡蒂说她已经和基金会谈过了，自己很看好克莱奥，评审团说会继续考虑。

我有个提议，你看看是否有兴趣？

所谓的“提议”：1. 提交某个想法供某人考虑；2. 商人高声喊出的报价。同义词有：报价，建议。

克莱奥听完什么都没问，马上用力地点了点头。提议意味着新篇章，而非结束。这说明还有希望。

卡蒂眨了眨眼，有些吃惊。克莱奥根本不知道是什么提议，居然答应得这么快。看来自己没看错，这孩子确实是个人才！不纠结于过去，勇往直前！她正需要找个像克莱奥这样的助手。

克莱奥还有最后一个小疑虑：要是自己做得不好，会不会就彻底被基金会排除在外了？

“你相信我吗，克莱奥？”“卡蒂有没有骗过你？”“别忘了，我嗅觉可灵敏了。”

克莱奥在十三岁六个月零八天的时候成了伽拉忒亚基金会的员工，她很快调整好心态，怀揣着果决和热诚，投入了新工作。一定要对得起伽拉忒亚基金会给的酬劳，不带任何私心，发现并挑选出合适的候选人，因为自己以后还有机会。卡蒂对她说了，获得奖学金的人，年龄一般介于十三岁至十五岁。卡蒂承认自己有点操之过急了，不应该这么早就让她准备。克莱奥可以明年重新申请。

和上次一样，克莱奥简短地向家里宣布了这个消息：学习新知识，挑选候选人，赚点钱。如同骤然而至的夏雨，她的胃口突然变好了。父母也很高兴：病总算好了。弟弟却一脸狐疑：听着就很假！

父亲鼓励她：太棒了，八字已经有了一撇，你肯定能申请到奖学金。母亲也说：你真棒，不过也别花太多时间在这件事上。

她去“不二价”[①]超市买了一本方格笔记本，有一百五十页，还买了一些塑料文件夹和两支荧光笔。

左侧写候选人名字，右侧写每个人的专长和梦想。蓝色文件夹用来装初中女生的资料，红色文件夹是为舞蹈班学员准备的。卡蒂还给了她一个建议：要优先考虑出身普通的女孩，而非那些有职业理想的野心家，因为基金会有其社会公益性。

---

① “不二价”（Monoprix），法国一家大型零售连锁店，主要销售平价商品。

克莱奥在 MJC 的更衣室里关注到的第一个女孩，是表演专业的学生，对方抱怨佛罗朗戏剧学院[①]的培训课程太贵。听了克莱奥的介绍，她有些怀疑：从未听说过什么伽拉忒亚基金会。克莱奥信心满满地为基金会辩护，最后女孩留下了联络电话。

卡蒂听后撇了撇嘴：十七岁？这个女孩要是真有潜力，早就被人**挖走**了。再说在她这个年纪，男朋友一般都看得很紧，太麻烦了。卡蒂眨了眨眼说：男人的占有欲是很强的。

她向初中同学说了自己的新工作，没想到作为工作人员的她居然比之前作为候选人更受欢迎。许多人主动来搭话，袒露自己的理想，请她帮忙评估一些"计划"，并想了解评选的具体流程。

克莱奥和卡蒂搭档，给她们做了一次正式的评选流程介绍，但没提让 - 克里斯托弗，也没提克莱奥被抚摸的事。只说基金会是正规机构，会根据完成资料所花费的时间支付酬劳。

事实证明，招募工作比预期复杂。有人心存疑虑，不敢迈出这一步；有人对将来并没有什么规划；有人连梦想

① 佛罗朗戏剧学院，法国著名的戏剧电影学院，培养了一大批世界著名演员。

都没有；有人跟父母说了之后决定放弃；有人忙于准备毕业会考。

卡蒂打来电话：你没忘了我吧！

母亲听到卡蒂的声音，一把抢过电话，声音瞬间年轻了起来：晚上好，卡蒂！找时间来家里一起吃晚饭呀。

房间里，克莱奥盘腿坐在暗红色的地毯上，电话就放在两腿膝盖间。她低着头，温热的呼吸吹在塑料听筒上，语气温软低沉，语速颇快：我想知道你对周三的安排到底怎么看，你对未来的规划看起来很棒，如果能得到奖学金，那就太好了，但是得通过几次面试……

细语声连绵不断，在昏暗的房间里蔓延。床头灯照在墙上，上面胡乱贴着一些海报：贴着假睫毛留着长长的棕色刘海的脸，踮起的脚尖，贴着彩色亮片的肚皮，《电视周刊》封面上的香榭丽舍剧院舞者。

走廊里传来母亲的声音：克莱奥，我要打电话，限你五分钟内挂掉。克莱奥用潮湿的手捂住话筒：我妈生气了，不能和你说了，我帮你报名吧？

类似这样的电话，反反复复有十几通。

笔记本的左侧写着名字，名字下面是电话号码。名单越来越长。几个初三的女孩主动来找她：嘿，我们想问你点事。她们想成为演员，想去让-保罗·高缇耶[①]的公司实习，想录制唱片，想学打网球……她们渴望被基金会评估、打分、选中。

有一个人向克莱奥抱怨，说看到另一个女孩被选中了，可她不觉得对方有什么才华。她哀求克莱奥带她去见卡蒂，克莱奥一犹豫，她的眼泪便要掉出来了。旁边另一个女孩把她推走了：别来烦克莱奥。在旁人眼中，克莱奥是卡蒂的助手，代表着基金会，原来的克莱奥消失了，被吞噬了，变成了克莱奥-卡蒂。

见到了卡蒂，女孩们很高兴，跑到学校操场感谢克莱奥：多亏你鼓励我们去报名，卡蒂人真的超级好。这周六她会和我们一起去逛街；两周前，她还带我们坐船游览了塞纳河；明天她会带我们去拍照，完善申请资料。

类似的情节一再上演：卡蒂会送她们一件漂亮的卫衣，一小瓶香水，一张戏票，或者请她们吃饭。

卡蒂每隔一晚就会给克莱奥打电话，说些有的没的，夸她哪件事做得好。克莱奥不用再费心思去讨好她。

① 让-保罗·高缇耶（1952—　），法国高级时装设计大师，创立了同名高级服装品牌。

就像一条训练有素的猎狗，她已经知道有些猎物不适合叼回给猎人食用，知道怎么分辨猎物的价值，虽然她自己也不知道是怎么学会的。现在的克莱奥眼力卓绝，评估精准。在舞蹈班的更衣室里，她审视着女孩们：三角裤处的髋骨是否凸出，皮肤是否细腻如丝绸，牙齿是否整齐，是否有波浪般的金发，眉毛的颜色是否与虹膜的颜色相得益彰。

几个普罗维登斯私立中学的女孩突然走过来：你还记得我们吗？还记得妮科尔老师的舞蹈课吗？她们姿态优雅：我们不在乎钱，主要是为了多认识些人。获得奖学金对日后的发展大有好处，例如巴黎政治学院①就会评估学生自初中以来的整体表现。这些女孩均出身良好，知道如何推销自己，展示自己的才能，话语也很得体。克莱奥说了一个下次见面的日期，她们细声抱怨说太久了，就像傲娇的猫，因为要和别人一样排队而感到气愤。

来找她的，还有马克西米利安－佩雷职业高中的女生，她们想找一份有助学金的工作。这些女孩毫不遮掩，说自己确实没什么特长，但是需要钱。克莱奥喜欢她们身上的那股劲儿：肆无忌惮地走在大街上，吹着口哨和朋友打招呼，和别人说话时也戴着耳机。她们把衣角塞进浅蓝色的牛仔裤里，笑起来前俯后仰。她们不会因为一些**细节**而犹豫不决，也不会被让－克里斯托弗那样的男子吓到，从公寓落荒而逃。“职高生”掀不起什么巨浪，卡蒂喜欢她们。

---

① 巴黎政治学院，世界顶尖名校，被誉为“法国社会精英的摇篮”。

就这样，每周三下午三点，克莱奥会在市政广场与卡蒂碰面，向她汇报新情况。两人叽叽咕咕，偶尔蹦出**将来**、**嗅觉**之类的词语。

卡蒂会支付克莱奥**酬劳**。

过段时间，我们能再去一次巴黎吗？分别时，克莱奥乞求她，满脸羞愧。

日子一天天过去，缓慢而浑噩，童年就这样结束了。父母努力想扮演好家长的角色，这令她很感动。晚饭时，不论克莱奥提问还是回答问题，他们都会表现出认真倾听的样子。克莱奥把什么都一分为二，赚的钱一分为二，付出的时间一分为二，小小的房间也一分为二。她静静地看着父母的视力越来越差，自己就像偶然经过的陌生人，不发一语。母亲坚持说自己能与两个孩子“感同身受”，无须过多的交流；她总是孜孜不倦地阅读杂志上的“心理学”专栏。

周四上午，一个被选中的女生在校门口炫耀一条精美的Kenzo牌[①]丝巾。克莱奥问她面试是否顺利，口吻如同餐厅服务员。她仿佛看到了女生的目光时有躲闪，话语也略显晦涩。

克莱奥的成绩掉到了中下，但她在其他方面的表现和斯坦老师舞蹈课的魅力，令她还不至于绝望。

她会花大量时间清理桌子，整理房间，和弟弟玩“幸福之家”游戏。父母对此颇感惊讶。克莱奥苦中作乐，装出父母喜欢的样子，极力挽留自己童稚的一面。可它就如天际划过的流星，绚烂，却正走向死亡。

她想过向父母坦白一切，可他们早已知晓这“一切”。

---

① Kenzo，由高田贤三在法国创立的品牌。

克莱奥是卡蒂的助手，这没什么好指责的。女儿变得成熟了，他们感到欣慰。克莱奥不再去想什么理性和规矩，赚来的钱，她数也不数就藏了起来。舞蹈班里数她年纪最小，她还是初中生，内心却如一老妪，一片荒芜。每天都有精致的谎言，日子就这样拼凑起来，只有这样，她才能继续走下去。

她还要再坚持一年，这样自己肯定就长大了，可以成熟到接受和评委共进午餐，接受**抚摸**。

她来了初潮。她一个人跑到浴室，母亲在门外给她解释如何使用卫生棉条。放松下来，母亲在门后嘱咐，稍微用点巧劲，这没什么难的，没必要大惊小怪，也没必要哭鼻子，就是塞个棉条而已。

“你就是伽拉忒亚的人吧？”

操场上，一个瘦瘦高高的小女孩叫住了克莱奥。她瘦得就像一根细杆子，穿着一件宽大的夹克衫，雪白的牛仔裤略短，露出了袜子上的爱丽丝图案。

克莱奥回道：是的，我在帮伽拉忒亚基金会工作……

话没说完，就被对方一通嘲讽：伽拉忒亚也许是一家基金会，但这个词其实源自希腊语“伽拉忒亚”，指的是一位神话人物——塞浦路斯国王皮格马利翁雕了一尊少女像，取名为伽拉忒亚，他疯狂地爱上了雕像，于是祈求神灵赋予了她生命。芭蕾舞剧《葛蓓莉亚》讲的就是这个故事。小女孩的一番话让克莱奥哑口无言，自己居然当众被一个初一女孩教训了一顿。

女孩名叫贝蒂，十二岁半，有着与年龄不相称的老道，现在在初一（2）班，是 MJC 高级古典舞班的尖子生。这样耀眼的成绩并未在初中给她带来什么声誉，不过她的机智倒是引来不少赞誉，例如刚才揶揄克莱奥的那番话。

贝蒂也想申请奖学金。刚刚戴上了整形牙套的她，说话有些口齿不清。她想用奖学金来买新芭蕾舞鞋，支付备考艺术学院专业课的费用。克莱奥听着她喋喋不休，完全插不上话。女孩眼睛清亮，眉毛有些杂乱。话没说完，只见她用手一抓，把头发挽成了一个髻，太阳穴处的小碎发形成了几个凌乱的逗号。随后，她细长的手指交叉在一起，拉伸了一下，又踢了踢腿，就在看热闹的人面前开始展示舞蹈基本功。阿拉贝斯克[①]应该是这样的，而不是这样的。她一边说，一边做了一个僵硬的踢腿动作，克莱奥也曾为完成这样的动作而沾沾自喜。

有些初二女孩的身高就有近一米七了，肩上依稀可见胸罩细带留下的勒痕。于她们而言，童年更像是一种包袱。另外一些女孩则恰恰相反，她们抗拒着青春期的到来，喜欢裹着严实的外套，扣子会一直扣到脖颈处，试图掩饰胸部的发育。她们在青春的光彩里显得不起眼，长裤上可见星星点点的巧克力酱。贝蒂恰好介于两者之间，娇俏，已显现出女性之美。她乐于玩小孩的躲避球游戏，但也会用睫毛膏。她贪玩，有点轻率，也会嘲讽其他同学，模仿他们的丑态，这无法让人完全无动于衷。总之，她身上有种特别的劲儿。为什么叫贝蒂这个名字？因为这是某个美国明星的名字。以《贝蒂》为名的歌实在太多了，贝尔纳·拉维里耶[②]写过一首，Ram Jam[③]的“哇，黑色贝蒂！”也曾风靡一时，她妈妈当时就迷上了这首歌。

她古铜色的皮肤遗传自伯利兹[④]的外祖母。那里风景迷人，有棕榈树，还有金色的海滩，宛若地中海。贝蒂说一定要去那里看看。她的父亲是半个阿尔巴尼亚人，那是个危险的国家。管它呢！反正她至今也没去过。

---

① 阿拉贝斯克，古典芭蕾舞最经典的舞姿与动作之一。

② 贝尔纳·拉维里耶（1946— ），法国创作歌手兼演员。

③ Ram Jam，美国的摇滚乐队，成名曲为《黑色贝蒂》。

④ 伯利兹，中美洲唯一以英语为官方语言的国家，原始居民为玛雅人。

有些学生会朝“黑鬼”吐口水，可是他们并不讨厌贝蒂，反而说她有“异域风情”。

贝蒂喜欢打听消息，听到什么有趣的社团都想加入，但加入不久后又会把它们遗弃。一天，在食堂里，她把自己的餐盘放在一群初三女生的餐桌上，邀请大家享用她带来的甜品。几个初二的女孩甩了甩手，没搭理她，继续围着一个刚被伽拉忒亚选中的女孩窃窃私语，互相转告克莱奥的电话号码，根本没注意到小女孩还在一旁。

克莱奥盘腿坐在卧室暗红色的地毯上，双膝间端放着电话，对着塑料听筒轻声细语：你还太小了，贝蒂，满十三岁后才能申请这个奖学金。

电话另一头的声音停顿了一会儿：抱歉，克莱奥，你那样的舞蹈水平都能被看中，以我这样的水平，获得奖学金就如同探囊取物，他们肯定会破格录取的。

走廊里又传来母亲的呼喊声：克莱奥，你怎么还在打电话！限你五分钟内挂掉。

细语声继续在昏暗的房间里盘旋：嘿！贝蒂，我妈妈生气了，我得挂电话了。这事成不了，你别想了，而且你妈妈也不会同意的。

贝蒂生气了，她以极快的语速含混不清地说道：你自己搞砸了，所以才恼火，也不想我去报名，我肯定能申请到你那该死的奖学金！你周三来我家，看看我妈妈到底同不同意。

贝蒂家的走廊上随处可见她的照片，有些钉在墙上，有些裱在框里。衣柜上面有，书柜玻璃窗后面有，电视机上面也有。家里有一种狂热的气氛，每一件小饰品看起来都很气馁，仿佛它们迟早得让位于贝蒂的照片。

这一张是婴儿时期的贝蒂，棕色鬈发蓬松，躺在一个涂着厚厚眼影的年轻女孩怀里。另一张是大约四岁时的贝蒂，站在虞美人花丛中，头上扎着粉色发带。约八岁时的贝蒂，梳着丸子头，穿着淡紫色的舞蹈服，站在一群小女孩中间，那是学校的演出。贝蒂穿着自己的第一双芭蕾舞鞋，脚尖点地，一脸胜利的微笑。贝蒂穿着芭蕾短裙，头上戴着皇冠，被一位穿着黑色紧身裤的少年舞者高高托起。贝蒂作圣女状，双眸低垂，双手交叉于胸前，额头上戴着花环。贝蒂穿着白纱裙，如画中仙子，凌空跃起一米高，摆出一字马的造型。贝蒂穿着黑白两色的衣服，浓厚如蜘蛛细爪的睫毛几乎要碰到脸颊了。贝蒂拿着奖牌，经评委会一致裁定，贝蒂·博格达尼小姐荣获银牌。

贝蒂母亲开门时，克莱奥一度以为她是贝蒂的姐姐。她从冰箱里拿出一瓶橙汁，又摆上一块蛋糕，上面覆盖着一层紫色的糖霜。她说贝蒂难得邀请朋友来家里玩。

她开始夸奖自己的女儿：贝蒂做事认真可靠，从九岁起就可以独自上学；周末会代人照看婴儿，可是赚来的钱还不够买芭蕾舞鞋，她每个月要用掉两双。另外还要参加舞蹈特训，一百五十法郎一小时。“我女儿将来肯定能成为出色的舞蹈家。”说到这儿，她用手指了指墙上随处可见的照片：这些就是证明。

贝蒂在一边静静地缝着芭蕾舞鞋的丝带，就像一个对大人之间的谈话感到厌烦的孩子。

贝蒂母亲从抽屉里拿出各种各样的获奖证书。她请求克莱奥破次例，给贝蒂一个机会。一个成年人如此求自己，克莱奥感到有些尴尬。

她们吃完甜甜的蛋糕后，又一起看了集肥皂剧，然后贝蒂像大人一样细致认真地清理了灶台和水槽。

克莱奥答应回去后认真考虑一下，贝蒂母亲感激地亲了亲她的脸颊。她脸颊上的脂粉有着紫罗兰的香味，直透进克莱奥的嘴里。

接下来的一段时间里，克莱奥脑海里总是响起一个声音，仿佛钢琴琴键，一下下敲击着她的心坎：不可以，贝蒂不可以，她只有十二岁，绝对不可以去参加午宴。

每次课间休息，小女孩都来找她：有消息吗？

每天晚上，她也会打电话过来：有消息吗？

她还不时诉苦：其他人周六都上私教课，否则不可能考上艺术学院。所以有消息了吗？

1984年5月16日下午5点，星期三，克莱奥朝市政广场走去，随行的有两个女孩，一个叫阿娜伊，另一个叫斯特凡妮。这时，一个声音从远处叫住了她：嘿，克莱奥，等等，等等我。

贝蒂朝她走来。她本可以拍拍这个小女孩的背，示意她回去；或揪住她牛仔夹克的领子，命令她别乱跑；或抓住她的手，就像拉住一个想横穿马路的小孩；或按住她的肩，强迫她留下。任何一个手势，只要够决绝，就可以制止小女孩，警示她，阻止她，留住她，保护她。不用手势，说话也行：你不可以去，贝蒂！走开，贝蒂！住嘴，贝蒂！

但她什么也没说，什么也没做。克莱奥选择做一个旁观者，任由事情发生。

卡蒂发红如铁锈，她关上车门，笑声如锡器碰撞般刺耳。

小女孩贝蒂直接无视车里的阿娜伊和斯特凡妮，径直站在卡蒂面前。她向卡蒂展示着自己获得的奖牌，仿佛久经沙场的老兵，终于得到总统的接见。卡蒂被她逗乐了，对她很感兴趣，噘起嘴问她：你还没满十三岁？我可以和基金会谈谈，之前也不是没有特例……

当天晚上，卡蒂在电话里表扬克莱奥：你找的那个贝蒂，真是太棒了。

克莱奥含糊其词，说这件事与自己无关，卡蒂发现贝蒂不是她的功劳。事实确实如她所说，她什么也没做，什么也没有。夜里，白日的喧嚣归于寂静，窗门紧锁，父母也已入睡，十三岁零七个月大的克莱奥陷在自己的思绪里，各种念头纷至沓来，仿佛年久失修的旋转木马，一直吱吱作响地转个不停。没人帮她厘清头绪，没人帮她审视发生的一切，也没有人来宽恕她或谴责她。

时间大概过了一周。一天，在学校操场里，贝蒂朝她走来，手上拎着一个粉色的透明塑料袋：你看，卡蒂给我买的芭蕾舞鞋，尺寸正合适！

接下来的故事情节，简单得像是幼儿园的七巧板：香榭丽舍大街的香水店，宠物店的小狗小猫，墙上装饰着明星照片的餐厅，拍照，告诫她**不要张皇失措**，被细心收藏在盒子里的电影票或门票。所有这一切，都是为了最后的安排铺垫。

七巧板虽简单，干涩的木块却布满飞刺，一不留神，手指就会被扎到。想到这儿，恐惧如潮水般涌来，将克莱奥淹没，令她透不过气。

五月，克莱奥又病了。母亲再次带着她辗转各家医院：面对医生的询问，克莱奥守口如瓶，丝毫未泄露伽拉忒亚基金会的秘密。

班委会上，班主任建议克莱奥留级：虽然成绩中等，但她缺课太多了，无法升上高年级。父亲久久地抱着她：成绩不好没关系，没必要因此茶饭不香，这些都不是什么大事，多年以后，你可能都不会记得这些事。就这么说定了，好吗？

可是多年以后，她会记得哪些事呢？

母亲走过来，说刚刚和卡蒂通了电话，她们**一致**认为，克莱奥最好休息一段时间：明年还有机会。

还是有人来找克莱奥，乞求她帮忙约卡蒂。她解释说自己忙于练舞和补课，没有时间。她还会辩解说自己并没被基金会“开除”，是因为她，基金会才风靡于学校。关于奖学金，她已没什么要说的了，也没什么好夸耀的。

课间休息时，她会观察其他女孩，猜测是谁取代了她，成了卡蒂的助手。

她去找过贝蒂，小女孩没有靠近她，只朝她点了点头。

她会注意那些女孩的神情，猜测她们有没有参加午宴，有没有被人抚摸。

转眼到了六月，克莱奥看到贝蒂母亲从校长办公室走出来：贝蒂下学期就要转去一所舞蹈学院附属初中了，她终于通过了艺术学院的考试。贝蒂是母亲的骄傲。

六月，斯坦老师在下课后把学员们集合起来，宣布他的合同到期了。他鼓励大家继续学习，终有一天，有人会买票观看他们的表演；他说舞者的使命就是为观众奉献精彩的表演；他希望舞蹈能给他们的日常生活带去快乐，即使是短暂的；他希望他们记住，他们是在为那些没办法像他们一样自由起舞的人而跳舞。

听到这儿，克莱奥泪流满面。斯坦老师眼睛扫到她身上，笑了笑：嘿，克莱奥。随后伸出手，把她拉了起来，轻轻地抱了抱她：乖孩子。

假期前一天，父母给了她六十法郎，她拿着这笔钱来到市政府附近的一家精致小店，给自己买了一套泳衣。

几周以来，她心心念念的场景终于出现了：卡蒂独自一人坐在那家咖啡店里。也许她在等待下一个克莱奥，下一个波拉。

她穿着一件米灰色的短皮夹克，一条浅色长裤，看到克莱奥，便问她身体有没有好些，以后能否继续保持联络。克莱奥再次答应了。离开前，卡蒂轻轻地把手掌贴在克莱奥的面颊上：那么，我们和好咯。不像是问句，像是一个句号。

2

一封新邮件，来自陌生账号 verylucie@free.fr，主题写着“致美好的回忆 /1987”，并附有一张图片。乍看上去，这就像一封“垃圾邮件”。

约纳兹还是把鼠标移到了附件，点了下去。

一张照片跳了出来，中间写着“1987 年的美好回忆”，照片中的女孩双手平放在白色的桌布上，坐在十五岁的约纳兹和他的父亲中间，父子俩在拍照的那一刻僵硬地笑着。这是 1987 年的美好回忆：十六岁的克莱奥。

*

1987 年秋天，约纳兹升入高一。

那时的他，还不想告别童年，就像周末临出门时的磨磨蹭蹭。和他同级的女孩子想法却相反，9 月 5 日上午，她们急不可耐地跨进了柏辽兹高中的蓝色大门。

再见了，把屁股包得严严实实的肥大校服！再见了，得不停用蘸满墨水的手拨开的厚厚的刘海。在刚刚过去的夏日假期里，她们把眉毛修得又细又翘，眼线画得细细长长的，一直拖到太阳穴处，与脸颊处的玫红泾渭分明。T 恤下，乳房高高隆起，固定在带钢圈的胸罩中。T 恤的下摆处扎了个结，露出小腹和肚脐。

两个月的假期过后，她们因重逢而异常兴奋，相互大声交谈，声如波涛，不断拍打在走廊的瓷砖地面上。她们争先恐后地抱怨过去的假期。这个说在边境的丛林间远足，说是接近大自然，实则很无聊；那个说去了裸体海滩，里面混杂着一些上了年纪的伪君子，一丝不挂，真是好笑。不过总比待在巴黎好。暑假里，街上到处都是英国男人，以及趁妻子去外省度假而心怀不轨的已婚男人。

约纳兹朝食堂走去，突然被一群人吸引了。一个女孩在楼梯上摔了一跤，几个学生正蹲在她周围。

女孩脱下鞋，摸了摸脚踝，再捏了捏跟腱，然后用医生一般的口吻对众人宣布：脚没事，不会肿。她站起来的时候有些踉跄。一个女孩刚从医务室跑回来，递给她一个装着冰块的塑料袋。她谢绝了对方的好意，说自己不需要任何治疗。

说完后，她一瘸一拐地走了，脑后的马尾辫也随之有节奏地摆动。约纳兹发现女孩的穿着很随意，灰色的T恤上连商标都没有，睫毛上什么也没有涂，像个小女孩一样。她脖子上系了一条暗红色的丝巾，像是她母亲的。

语文课上，老师高声念着学生的姓名以及他们父母的职业。到克莱奥时，她站了起来，解释说自己初二留级了，所以年纪要比班上的绝大部分同学大一些。她说自己没什么特别喜欢的书，她喜欢看电影，如《暗中前行》[①]《歌舞线上》[②]

---

① 《暗中前行》，米歇尔·布朗（1952—　）执导的法国公路喜剧片。

② 《歌舞线上》，1985年上映的歌舞片，讲述在百老汇逐梦的舞者参加甄选的故事。

和《没有私生活的女人》。她说的这些电影，约纳兹一部都没看过。

她的书桌上整整齐齐地放着一支铅笔、一块橡皮和一把剪刀。约纳兹觉得她有些幼稚，现在哪里还需要剪纸。

操场上，桑德拉被几个男孩团团围着。她和约纳兹是初中同学，喜欢把牛仔裤塞进白色的靴子里，喜欢自己剪裁T恤领子的形状。她满头金发，站在男孩中间，指着自己的脖子，向他们炫耀：闻闻，这里喷的是卡夏尔的“露露”香水；但腰窝处，闻起来更像是迪奥的“毒药”。

桑德拉对女孩的美和气质很有研究，也喜欢分享与此有关的窍门。但约纳兹喜欢的女孩，是那些会为了手球比赛中的进球而高声欢呼的女生。这样的女生爱吐槽，周三下午会在家玩《大战役》[①]，虽然玩得并不好，会边往嘴里塞零食边说话，会和他一样憎恶菲尔·科林斯[②]的歌。

初三时，桑德拉给约纳兹取了个绰号“雅各布教士”。每次遇见他，她都会跳几步稀奇古怪的舞嘲笑他。约纳兹装出不屑一顾的样子，因为他知道，他越是抗争，这个女孩就越兴奋。

升上高一后，桑德拉好像忘了“教士”这个绰号，对约纳兹的态度明显好转，这令他很高兴。因此当她模仿克莱奥那天摔跤后高傲的步伐时，他也和其他人一起笑了。

---

① 《大战役》，一款多人战争棋盘游戏。

② 菲尔·科林斯（1951— ），当代英国著名摇滚乐与流行乐歌手，曾获得过七次格莱美奖。

她一边模仿一边说：克莱奥的出现也许能给我们带来新的乐趣呢……我的表妹以前和她上同一所初中，当时的她热衷于向所有人推荐一个什么奖学金，吹嘘说只要获得这个奖学金，就能够结识一些重要人物，口气像极了混娱乐圈的人。她显然是在吹牛，因为她父亲一直处于失业状态。

语文课上，老师要求学生每个月口头点评一首歌的歌词。大家听完这话热情高涨，通过抽签确定了分组。约纳兹和克莱奥分到了一组，两人的点评时间安排在十月。

克莱奥好像事情很多，如大人一般公务繁忙。最后，他们总算约好周六在帕克托勒咖啡馆见面。

约纳兹罗列了自己喜欢的歌手：丽塔·米苏科组合[①]，雅克·海格林[②]，或者电话乐队[③]的老歌？再老一点的歌也行，我父母有芭芭拉[④]和雅克·布雷尔[⑤]的全套专辑。

克莱奥说她不怎么听丽塔·米苏科组合和雅克·海格林的歌，但她觉得都行，因为她什么歌都听，约纳兹选一首就行。

什么歌都听？这不可能！没人会喜欢所有风格的歌。听了她的回答，约纳兹觉得受到了冒犯：喜欢本身就是一种立场，艺术流派复杂多样，有所偏爱不仅仅是审美选择，更是个性使然。喜欢丽塔组合的人肯定不会听让娜·马斯[⑥]，否则都成什么了！就像妮娜·切瑞[⑦]不可能成为

---

① 丽塔·米苏科组合，法国流行摇滚乐队。
② 雅克·海格林（1940—2018），法国流行歌手。
③ 电话乐队，法国摇滚乐的先驱。
④ 莫妮克·安德烈·塞夫（1930—1997），法国女歌手，芭芭拉为其艺名。
⑤ 雅克·布雷尔（1929—1978），比利时歌手、作曲人、演员、导演。
⑥ 让娜·马斯（1958— ），法国流行歌手和演员。
⑦ 妮娜·切瑞（1964— ），瑞典说唱歌手、DJ兼制作人。

皮娅·扎多拉[1]。

无奈之下，克莱奥只好说：好吧，相比其他歌手，我更喜欢让－雅克·戈德曼[2]和玛莲·法莫[3]。约纳兹以为她在开玩笑，“扑哧”笑出了声。克莱奥脸红了。

他正准备说他们合作不了，坐在破旧长凳上的女孩先说了起来。只见她的手抵在胸前：那些歌令她揪心，就是**这里**。让－雅克·戈德曼唱的“埋藏心底的那些事令我们彻夜难眠”，还有玛莲·法莫的“像脱节的洋娃娃一样挂在床上”，可以唱到我的**心里**。

克莱奥看得出来，约纳兹觉得这些歌一无是处。为什么这么想呢？你不是说喜欢诗歌吗，为什么又不喜欢这些歌词呢？

靠梦想活着

彻夜难眠

对着影子乞求

一直走着[4]

约纳兹愣了愣，只好点了点头，避免继续谈论下去。这个女孩的拘谨令他感觉沮丧，这样的事居然会发生在他身上。他真想找自己的姐姐抱怨一番。谁让他不听让－雅克·戈德曼和玛莲·法莫的歌呢？

---

① 皮娅·扎多拉（1954—　），美国女演员和歌手。

② 让–雅克·戈德曼（1951—　），法国歌手、词曲作者，二十世纪八十年代法语歌坛最为闪耀的明星之一。

③ 玛莲·法莫（1961—　），法国著名女歌手，歌声另类却富有亲和力，穿透力极强。

④ 让–雅克·戈德曼的《不是你》中的歌词。

聊到英语歌曲，克莱奥说特别喜欢舞蹈课上听过的一些歌手，例如珍妮·杰克逊[1]和麦当娜[2]，她们的歌仿佛能渗入她的血液。约纳兹无言以对，只好又点了点头。直到结束，他也没能和她达成共识，只好开玩笑说：我们只能组建一个有分歧的政府了，我是密特朗，你则是希拉克。

接下来的周六，两人总算选定了要点评的歌，艾蒂安·达奥[3]的《阳光里的决斗》。

过去两周里，克莱奥晦涩的话语以及她全神贯注地听他说话的样子，让约纳兹感到心神不宁。她的沉静令人没了唇枪舌剑的想法，没了争论和征服的欲望。克莱奥和她的娴静让他发现了新世界。

他很惊讶，自己居然愿意向她坦承内心的恐惧：害怕别人觉得他无趣，又害怕自己太滑稽，像个小丑一样惹人厌烦；担心自己声音太尖，眉毛不好看；担心碰到女孩的大腿，不碰又怕被人当作同性恋。他还会和克莱奥设想未来的自己：高考成绩可能不会太差，读完大学后可能会成为一名刑事犯罪律师，或《摇滚怪客》杂志的记者，这是一份小众刊物，读者都是些摇滚乐迷；他会住在巴黎市中心，每周要看四场电影，周末去学弹贝斯。

他敲开姐姐克拉拉的房门，急切地想让她帮忙分析自

① 珍妮·杰克逊（1966—　），美国流行女歌手、演员。
② 麦当娜·西科尼（1958—　），意大利裔美国女歌手、演员，欧美“四大天后”之一，获奖无数。
③ 艾蒂安·达奥（1956—　），法国歌手、作曲家和唱片制作人。

己是不是恋爱了？可是他完全不会对克莱奥想入非非啊。每天晚饭后，他会霸着楼下客厅茶几上的电话机，将电话线一直拉到房间里，然后关上门给她打电话，或等她的电话。

看着两人的关系日益亲密，同学们开始时觉得有趣，说他们是对奇怪的组合：书呆子加女舞者。两人课上会紧挨着坐一起，在食堂午餐时也会相对而坐，离校时约定“晚上电话联系”。有好事者问约纳兹：“克莱奥真的和你上床了？”他会毫不客气地怼回去。

大家本可以把他们当作情侣，或假扮情侣的同性恋，可惜他们连这样的优待都没有。如果这种友谊发生在小学六年级，周围人也许会觉得很正常，就是为了打发各自的无聊时光。就这样，大家对他俩的兴趣持续到了十月底，最后都习以为常了。桑德拉那帮人排挤他们，什么活动都不叫他们参加，私下里也不和他们交流。他们觉得约纳兹没出息，喜欢围着**掉价**的小明星转，不过也正常，犹太人嘛，就是喜欢那些亮闪闪的东西，即使有些玩意儿毫无价值。

约纳兹认识的所有女孩都学过舞蹈。小学时，妈妈们会把女儿的头发盘成一个小发髻。到了初中，女孩们开始厌倦粉色纱裙和妈妈的唠叨，喜欢穿着黑色紧身连裤袜，外面套上紫色的羊毛护腿长袜，从不错过电视上播出的《名扬四海》。

听到克莱奥说想成为职业舞者，他并不觉得奇怪。他自己也会这样，每次在电视上看法国网球公开赛，他都会产生当体育生的念头。

为了实现自己的梦想，克莱奥每个周一、周三、周五以及每隔一周的周六下午都要练舞。她常把专业舞蹈水平和舞蹈考试挂在嘴边。约纳兹会把不同的爵士舞种搞混，她听后会说，现代舞与古典爵士舞完全是两码事，她学的是现代舞。

克莱奥毫不掩饰自己对那些“水平不够”的舞者的鄙视，兴奋地把老师那些尖酸的批评讲给他听。她会毫无征兆地变得亢奋，又会像孩子一般顺从，这令约纳兹有些不安。舞蹈老师的话决定了她的喜怒哀乐。被表扬时就欢欣鼓舞，被忽视时则失望至极，觉得自己一无是处，永远都不会有出息。

说到高中毕业证书，她觉得并没有什么用处，她的理想是成为职业舞者。但这并不代表她不用功学习，每次的作业她都认真完成，按时上交。她准备了一些天蓝色的卡片，用来记录每节课的重点。书上的有些内容，约纳兹会一掠而过，她却会一丝不苟地读。

一开始，看到这个女孩如此认真，约纳兹还担心她会和他竞争班里的第一名，后来他才发现，她只是看起来像个好学生而已。

克莱奥学得那么认真，成绩却刚刚及格，这令他略感愧疚。他只会在每周日的晚上六点用心写作业，成绩却不错，且会受到大多数老师的称赞。

他曾提出帮克莱奥补习地理或英语，但被她拒绝了：这样就太没挑战性了。她希望通过自己的努力取得好成绩。

约纳兹取笑她说话谨小慎微，像个老太太。

十月底，约纳兹告诉她，过两天他要请假，在家里庆祝赎罪日[①]。班里只有两个犹太人。

她从未听过这个节日。两人坐在梅尔莫兹广场边的长椅上，手里拿着三明治和苏打水。当天食堂的菜不好吃，干酪丝烤西洋牛蒡和蛋黄酱芹菜，他们索性跑到外面吃。他试着解释：赎罪日是犹太人的宗教节日，其实更重要的是一家人聚在一起的……话没说完，克莱奥打断了他：你先停一下，为什么说到“犹太人的节日”时你压低了声音？

没有！有！没有！就是有！她站了起来，像交响乐团的指挥，毫不留情地指出乐手弹错的音符：你说到那里就变得细声细气的，广场上又没有纳粹分子！

她承认说自己此前不认识别的犹太人，除了让－雅克·戈德曼。她的母亲很喜欢犹太人，觉得他们聪明有能耐。约纳兹向后倒在椅子上，叹了口气：明白啦！

克莱奥的母亲也许还说过犹太人可以组成一个精英团体，秘密统治整个世界。可这些只是恭维话。如果克莱奥愿意，约纳兹可以带她去见见他姑妈和叔叔，他们都领着失业救济金，根本没什么大能耐，也没什么钱。

这正是他刚才压低声音的原因，纯属条件反射。公众对犹太人有诸多看法，他厌倦了做犹太人，厌倦了装得很

① 赎罪日，犹太人一年中最重要的圣日，在新年后的第十天。虔诚的犹太教徒会在这一天不吃不喝、不工作，并到教堂祈祷，以期赎回过往的罪过。

风趣，厌倦了听到别人说“他是犹太人？看起来不像啊，他付钱时一点也不小气”，或者“他是犹太人？他不会为集中营的惨剧痛哭吧”。

去年，桑德拉常常对他说：你还是回你“自己的国家”以色列去吧。可是他从未去过那个国家，他的家乡是林畔丰特奈。每个新学年，他都会碰到为他的名字发愁的老师：你叫约纳什还是约纳泽？可以叫你约纳斯吗？这样叫起来容易些。你是哪里人？

面对此类问题，约纳兹原可以像克莱奥一样，说自己是如假包换的法国人，这样就不怕被孤立，不怕被贴上“犹太人”的标签。

在朋友家看到他们的全家福，他会忌妒；看到他们在先人的坟前献花，他也会忌妒。

在他们家，十平方米的空间就够举行家庭聚会了。他们根本没多少亲戚，几乎都死在了奥斯威辛集中营，或死在了开往集中营的火车上。我们不知道他们到底葬身何处，也许永远都不会知道。这些死去的先人，连坟墓都没有。阿达死于十七岁，米洛死于十九岁，夏娃死于二十一岁，瓦努什死于二十四五岁。

他们的故事就这样永远地中断了，整整一代人就这样被抹杀了。

他知道的故事都不轻松，听听就知道了：一帮人排着队进毒气室，为了让儿子继续活下去，祖父勒令年仅六岁的父亲独自逃跑；姑婆在卢布林[1]当街朝一个纳粹士兵吐口水，脖子上被打了一枪，当场死亡。

他的祖父母决定移民法国，以为到了法国，就不会像在苏联和波兰那样被折磨、被孤立，不会忍饥挨饿。他们迷信这个虚幻的国度，因为这里有维克多·雨果，有让·饶勒斯[2]，有人权，有自由、平等、博爱。可是他们错了，1942年，法国当局强迫占领区的犹太人佩戴黄色的六角星袖标。

他的母亲在学会说话之前就学会了沉默。从四岁起，她就知道只能告诉别人自己的假名。为了逃命，她曾被藏在谷仓里，藏在修道院里，藏在维夫市[3]和利尼翁河畔勒尚邦市[4]的新教徒家里。

1945年，祖母大难不死，回到了巴黎的公寓。里面的东西早已被邻居扫荡一空，只剩下几个破杯子和一个小纸箱，里面装着以前的信件和两张离开前拍的照片。

约纳兹不想做犹太人，一点儿也不想。一天，历史老师准备在课上放映《浩劫》[5]，他翘了课。同学们一定会向他投来混杂着怜悯与不快的目光，他再清楚不过了：那个犹太人又要唉声叹气了，我们总是谈论这些事，真是受够了！

---

① 卢布林，波兰东部的一个大城市。

② 让·饶勒斯（1859—1914），法国社会主义领导者，是最早提倡社会民主主义的人之一。

③ 维夫市，法国伊泽尔省的一个市镇。

④ 利尼翁河畔勒尚邦市，法国上卢瓦尔省的一个市镇。

⑤ 《浩劫》，法国导演克劳德·朗兹曼（1925—2018）制作的有关奥斯威辛集中营和犹太大屠杀的历史纪录片。

可是他根本不想聊这些历史。

“事情就是这样。”

约纳兹的声音与成年男子无异，下嘴唇却颤抖着，像个孩子：“你说得没错，我确实没勇气做一个犹太人。”

广场里稀稀拉拉地坐着几个退休老人，克莱奥跟人要来一包纸巾，递给约纳兹。那天阳光很刺眼，从广场周围的栗子树的树梢上直射下来，切出一片一片阴影。克莱奥宽慰着他，告诉他不要害怕，要赶走心中的魔鬼，她会一直陪着他。

管理员摇着小铃铛，在公园的小路上走来走去。约纳兹邀请克莱奥去家里吃晚餐，和他家人一起过赎罪日。

克莱奥准时来到约纳兹家里。她手捧一束红玫瑰，右边头发上别了一个银色的蜻蜓发夹，一条灰色羊毛短裙，一双黑色浅口皮鞋，与平日里的她判若两人，就连声音也像是换了另一个人。她紧跟着约纳兹的母亲，听对方讲解，像在参观一座博物馆，即便是不起眼的地毯也令她觉得惊奇。有一个中间装着一个圆筒的热水壶，她此前从未见过，忙问这是什么。他们告诉她，那是黄铜茶壶，俄国的款式，泡出来的茶味道特别浓，甚至会有苦味。

柜子上摆着一些陶瓷动物玩具，她跪下来把玩。那些是乌克兰西北部农民做的哨子，不同的动物模型发出的声音也不同。她拿起一只公鹿，又拿起一只狐狸，分别对着它们的嘴吹了几下，听着发出的声音，她高兴得如同小女孩。

餐桌上，她饶有兴致地品尝着各道菜。开胃酒是冰镇伏特加，她用双唇碰了碰这浓烈而透明的液体；腌制的鲱鱼摆在灰褐色的面包屑上，上面撒了一些小茴香籽，她尝了尝，说了句“很咸但味道很好”；肉汤喝完一份又要了一份。她很喜欢其中的两道菜，问是怎么做的：一道是点缀着炸洋葱的鹅肝碎；另一道是肉馅鲤鱼冻。

如果克拉拉在家——为了躲开这次漫长的家宴，她去了布鲁塞尔——她也许会在桌子底下踢约纳兹一脚：看看咱们的父亲，他可高兴坏了，终于找到了一个喜欢听他说话的客人。

父亲塞尔日滔滔不绝：赎罪日之前的二十五小时通常要斋戒，目的不是忏悔，而是为了自省。这段时间里，人们躲开日常的喧嚣，在沉默中审视自己。克莱奥结结巴巴地道歉，说她不知道这个，因此今天没有斋戒……

没关系！塞尔日接着说：今天在座的所有人都是平等的，没有“好人”与“坏人”之分。如果有人觉得犯了错，也没有什么错是无法弥补的，如果有人觉得自己问心无愧，也许是因为自省不够。任何宗教仪式都无法抵销我们的过错，只有我们自己能做到。

他问克莱奥知不知道“宽恕”（pardonner）这个词的由来。它是由“给予”（donare）和“完全”（per）组成的，原意是“完全给予”，指一种完全放弃宽恕的行为，放弃让对方为所做之事付出代价。当然，过去无法逆转，没有任何东西，包括宽恕，可以消弭既成的事实。犹太人的“赎罪”（kippour）一词，原意是“覆盖”（kappar），并非消除之意。宽恕不代表遗忘。罪过不是衣服上可以消除的污渍，它只是暂时被宽恕“覆盖”了。宽恕代表一种决定，决定放弃让另一方付出代价，或放弃让自己付出代价。

塞尔日想起了一段经文，他想让克莱奥读一读……

约纳兹打断了父亲的话：“这堂关于赎罪日的课有些超纲，内容也很拖沓。”克莱奥并不这么觉得，她说难得有机会可以学到一些有用的东西！

告别时，塞尔日将刚刚从书房里拿回来的一张纸递给了要走的女孩。

约纳兹送她去公交车站。他们沿着一条路往前走，道路两边的住宅楼坐落于密密的矮松和灌木之间，阳台装饰着深褐色的玻璃，防止外人偷窥。克莱奥喜欢这个小区的环境，喜欢今晚充满仪式感的晚餐，喜欢餐桌上掺有肉桂粉的肉丸子。约纳兹的父亲更是令她赞叹。“你可能会觉得我很傻。”听着她说这些，约纳兹觉得很幸福……餐桌上他们居然说了那么多话。就着路灯的光，她驻足阅读那篇经文：“如果没被宽恕……我们注定会无助地、漫无目的地徘徊，被困在自己内心的黑暗中。”他拉了拉她的胳膊，提醒她再不走，就要错过325路的末班车了。她从经文中回过神来，很是气恼，说错过了也没关系，反正也没什么事，走路回去好了。

她迫不及待地想在日记里写下对“赎罪日”的理解……甚至觉得他家人的玩笑话也很有趣。他母亲怎么说来着，孩子是父母的病？约纳兹听后翻了翻白眼：不是她说的，是弗朗索瓦丝·多尔托[①]说的，他父母最擅长说教，自己家和学校课堂没什么两样。

① 弗朗索瓦丝·多尔托（1908—1988），法国著名儿童心理学家。

第二天，约纳兹的父亲对家人说，克莱奥令他感到“好奇”。她说的日常舞蹈训练不禁让人联想到驯兽员。她的原话是这样的：自己的柔软度异常好，这是好事，但也是一个威胁，她得不断“调教”、强化自己的身体。这话听起来就像是要把猛兽赶到笼子里去。无精打采时，她会狠狠拍打自己的大腿。这个小女孩的内心很“强大”，也有令人不安的一面。

父亲是一名翻译，约纳兹有时觉得他有职业病，会像翻阅文本一样翻阅周围的人，企图找出其中的矛盾之处或背后的含义。显然，克莱奥也难免受其害。

无论怎么看，约纳兹都不觉得克莱奥是一个“强大”的女孩。上课时，有些问题她不敢问老师，只好小声问他。她明知道桑德拉那一伙人看不起她，但见到他们依然会主动打招呼。她似乎还停留在孩童阶段，有一次他打趣说，一个高三男孩宣称克莱奥是他喜欢的类型，她听后感到难以置信。

克莱奥喜欢的，也许不过是约纳兹父辈那一代人的故事，她喜欢听约纳兹讲他波兰籍祖母的跌宕人生，喜欢学做苹果卷，喜欢看他父亲推荐的那些书。

他父亲在厨房的挂历上用红笔圈出了6月23日这一天：他们全家将去克莱奥家里做客。母亲向克莱奥吹嘘，说大西洋海岸最适合疗养：你从未去过北巴斯克地区吗？暑假和我们一起去那里度假吧，房子有点小，但你可以睡在沙发上。每周五晚上，克莱奥都会和他们一起吃晚餐，共度安息日[①]。她吃得很香，甚至可以说是狼吞虎咽。

周日，他们待在约纳兹的房间里，准备十月的歌曲点评。克莱奥总是拖到很晚才走，只要他家里人有什么事需要帮忙，她都很高兴搭一把手，一会儿帮他姐姐修理吱呀作响的架子，一会儿帮他母亲收拾那些堆在客厅的过期杂志。

她告诉塞尔日（她直呼他父亲的名字，就像她也直呼他母亲为达奴塔一样）自己的阅读进度：1946 年，犹太新年节日那天，普里莫·莱维[②]遇到了自己未来的妻子露西娅·莫普格，她要教他跳舞，跳重生之舞。她顿时觉得**这里**被打动了，边说边摸着胸口。

约纳兹很诧异，她之前并未向他提过这本书。她解释说是因为害怕他觉得这本书“毫无意义”，就像她喜欢的那些歌一样。

晚上十一点，她准备回家，临走时感谢这个感谢那个。塞尔日准备了一篇新的经文送给她，她小心翼翼地折好拿在手里。她要赶最后一班公交车，她父母对此好像并不担心。

有关克莱奥的美好回忆在那一天结束了。那天，他们

---

① 安息日，犹太教每周一次的圣日，从星期五日落起到星期六日落。

② 普里莫·莱维（1919—1987），意大利犹太裔作家，1944年被关进奥斯威辛集中营，代表作有《被淹没与被拯救的》。

面对面坐在食堂里，她看着约纳兹用刀切一块猪排，眉头紧锁，显得很不高兴。不过在食堂里，她什么也没说。那里人多嘈杂，刀叉与餐盘碰撞的声音此起彼伏，不停地有人拿起、放下，甚至碰倒水杯，认识的同学相互高喊着名字。

走出食堂后，她对他说：你这么做，是不想让别人知道自己是犹太人，但这违背了犹太教的传统。即使你不信教，自觉遵守这些戒律至少能表明自己与那些被残害同胞站在一起。你在通过吃猪肉来逃避自己的责任。我最近刚读到这么一句话：传统，可以让世俗生活更具仪式感。

克莱奥的声音越来越高。约纳兹错愕不已，最后反驳说，他们家已经连续两代人不守犹太教教规了，家里没人去犹太教堂祷告，饮食也没什么禁忌！至于团结同胞，如果一顿午餐就能表明他不履行这种义务的话……

克莱奥的语气令他想到了自己的父亲，严厉，无时无刻不在说教。他并不认同这些说法，对同胞的团结不应体现在某个具体的时间点上，这样未免也太简单了。

好吧，他本不在意女孩的一些小任性，像她现在这样。可这一切竟为了一块猪排，至于吗？他还是更喜欢两人刚认识时的那个克莱奥，虽然那会儿她说自己喜欢玛莲·法莫，喜欢米歇尔·德吕克的《香榭丽舍》。

所以，在你眼中，我就是这样的人？她低声说道。像个傻瓜，学习不好，好说话，听到什么都说对，偶尔发表看法，别人都懒得去听。

当然不是，我很高兴你来我家里，和我的家人相处愉快，对我家里的一切都充满好奇。我原本也很想去你家，见见你的父母和弟弟，参观你的房间，看看你长大的地方。所有这些，我都很感兴趣，总比聊我叔祖父在集中营的编号有意思得多！

约纳兹大声吼了起来，结束了克莱奥的说教。上课铃声响起，一群学生拥来，把他们挤进了热气腾腾的教室。克莱奥的脸和脖子涨红了，胸膛起伏着，嗓子仿佛被人掐住了，含着泪嘶哑地对他说了句：这种玩笑话很伤人。之后，她独自一人坐到了教室后面。

他把这事讲给姐姐听。他虽然从来不认为自己是犹太人，但搞不懂为什么克莱奥会在短短几周内变得比他更像犹太人。克莱奥还指责他，说他不尊重犹太同胞的悲惨历史，可那些和他有什么关系呢？

虽然克莱奥很可爱，但她现在居然暗中挑唆同一个屋檐下的弟弟，那绝对不行。克莱奥对自己的家人近乎崇拜，这令克拉拉有些害怕。她问弟弟：你不觉得她整个人都很奇怪吗？她的脚链价值不菲，却从未听她说起过。父亲摆开架势训话时，她的眼睛显得很饥渴，但她在渴求什么呢？难道她是孤儿？

第二天早上，约纳兹打开信箱，里面有一袋金黄色的糖果，是他最爱的零食，旁边还有从本子上扯下来的半页纸，上面只写了克莱奥的名字。

奶糖味道甜美，平复了他的心情，也许他错了，不应该因为猪排这样的小事大发雷霆。在校门口，他遇到克莱奥，她依然扎着马尾辫，肩上挎着舞蹈包。他等着她道歉，可是她没有，两人不知道该说些什么，沉默仿佛一堵厚厚的墙，横在他们中间。她身上依旧混杂着椰子和香樟的香气，像要渗进约纳兹的喉咙。

你早上是掉到香精罐里了吗？这味道太重了，我闻着头疼。克莱奥听后无动于衷，言语回荡在他们之间的虚空中，无比乏味。课间休息时，她问他周五晚餐的事：还是晚上七点半吗？约纳兹明显在说谎：家里要来客人，椅子不够，抱歉。

克莱奥选择走路回家。桑德拉看到约纳兹一个人在等公交车，笑着问：你的女佣不要你了？

是我不要她了，我们可没结婚。

桑德拉听后，并没问他们闹翻的原因，但坦承这样让她松了口气。像约纳兹这么聪明的男孩，完全没必要和克莱奥那样的女孩搅和在一起，现在他总算醒悟过来了。

你应该知道克莱奥过去的历史吧？不知道？

桑德拉觉得，一个人知道自己想要什么是件好事，但得有个限度。她和约纳兹聊了起来：你知道吗？克莱奥从初中就开始工作，为了赚钱学习舞蹈。你真该看看她当时的那副嘴脸，一天到晚，张口闭口都是什么奖学金，什么杰出人才，说白了，就是在一帮娱乐圈的老男人面前卖骚，祈求得到他们的帮助。好吧，十三岁的年纪，大家都在胡闹。但现在，克莱奥居然把自己打扮成一个小女孩……太好笑了吧！

“这样一来，一切都解释得通了，克莱奥想勾引我父亲，这太恶心了！我们就因为这个吵了起来。”他怎么会这么说？怎么会这样贬低克莱奥呢？没有人诱导他这么说，而且说出这话时，他并不觉得多难为情，只是心中略微踌躇了一下，稍稍有些不适而已……

约纳兹穿过沉闷的街道，沉醉于这种全新的感觉：原来自己也可以像桑德拉那样，不负责任地喷出一些冷酷的话。以后，她应该不会再叫他“雅各布教士”了吧？

他不禁又觉得自己背叛了克莱奥，想到这儿，他不由得加快了脚步，试图把这种情绪抛在脑后。他在心中为自己的行为辩护：克莱奥冒犯了他，而且还撒谎了，她从未对他提起奖学金的事。说起过往，她和他一样，声音也会低下来，细如游丝，只是当时他没发现而已。

之前她身上讨喜的一切现在都令他觉得生气：她任由那些运动理疗师把她的身体拧成两半，还乐于被舞蹈老师以“艺术”之名贬低。她的眉毛也修剪得太过分了，总喜欢把“我不知道”说成“不知啊”。她的爱好也稀奇古怪，一会儿说自己喜欢库尔伙伴合唱团，一会儿又说喜欢“赶时髦”乐队，只要她觉得歌能唱到**心里**去。她还总想着取得好成绩。

狩猎已经开始，是他发出的信号。童年就此被他抛在了身后。

周一早上，有人在课桌的塑料板以及学校操场的两张白色木凳上，用海蓝色记号笔写了这么一句话：**克莱奥勾引老男人**。

克莱奥一从身边走过，桑德拉就会哼唱起来：**克莱奥勾引约纳兹的父亲**。

当天深夜，克莱奥打电话给他：**我影响到你了吗**？你知道那纯属胡说，是吧？勾引你父亲……这怎么说得出口！你是那么……与众不同。他听到电话那头的她在擤鼻子。她边说边啜泣，像一只被猎人掐住喉咙的小动物，可以清晰地感觉到它的椎骨在扭动，其他细小的骨头也在断裂。约纳兹安慰她：忍耐一下，会过去的，过段时间桑德拉就烦了。

连续几天，克莱奥犹如行尸走肉，她父亲也不知道她发生了什么。终于有一天，她下公交车时把脚踝扭伤了，舞蹈课不得不中断了两个星期。那段时间里，她总是显得心不在焉，走错教室，忘交作文，肚子痛，头痛，经常请假去医务室。她不再去食堂吃午饭，甚至不吃午饭。下午课间休息的时候，就到外面去买一包巧克力饼干，撕开塑料袋，一片接一片地塞进嘴里，如机器人一般，一片还没嚼完，手已经捏住了下一片。约纳兹对姐姐说克莱奥最近状态“不怎么好”，她和桑德拉之间有点“不愉快”，但没说这一切是因为他。两人之间原本紧张的友谊也有了裂缝。透过这个裂缝看到的，仿佛是一个不同的世界，一个之前被友谊屏蔽的世界。

他告诉父母，以后克莱奥周五和周末都不来了。父亲问他们是不是闹翻了，约纳兹回答说这很正常，他们不可能一辈子好下去，而且，克莱奥有侵略性。有那么一瞬间，父亲盯着儿子的眼睛，像是男人看着另一个男人：哦，这么说，你是一名边防员，现在要守护自己的领地吗？随后转身进了书房，关上门。

如他预测的一样，桑德拉对克莱奥的兴趣也就十来天而已。所谓的大爆料并未引起预期的轰动，大多数同学对此显得漠不关心或心存怀疑：就那个梳着马尾辫，长着一张娃娃脸的克莱奥？我不相信她初二的时候会那么下贱。

约纳兹和克莱奥渐行渐远，两人在校门口碰到时会互相打个招呼，他会向她转达父母的问候，她会很有礼貌地表示感谢。合作点评歌曲那天，他们各自分析了几段艾蒂安·达奥的歌词，**掉入陷阱后你将缴械投降**。语文老师听完后，不住地夸赞他们的合作很成功。

四月初的一天，约纳兹邀请约会了两周的加娅拉去当地的剧院观看了一场舞蹈。票在一月就买好了，藏在笔记本里，本来是给克莱奥准备的惊喜。加娅拉的脾气很好，遇到什么事都不发火，两人第一次做爱时，因为进不去，她还帮他套好了安全套。和她在一起，约纳兹觉得什么都不用操心。姐姐克拉拉觉得这个女孩“索然无味”，不过相比“心理师”克莱奥而言，她还是觉得加娅拉更讨人喜欢。

在约纳兹的情史里，加娅拉算是第一个“认真交往的女友”。他的初次给了她，两人的关系温和而平淡：每周三下午一起去看电影，去固定的咖啡厅吃三明治，然后一起过夜。一直都是这样。

有些早上，约纳兹醒来时会感觉心脏跳得很快，仿佛自己像个逃兵。

这学期的最后一堂课上，班主任问他们在高中第一年里都学到了哪些重要的东西。

约纳兹原本可以这样回答：他对自己有了更多的认识，不再是那个有着浅绿色眼眸的“傻瓜大男孩”，总是用笨手笨脚来惹妈妈疼爱。另外，自己也并没有那么热爱另类摇滚，因此毕业班的同学也没有再跑来问他的意见：野兽男孩的歌怎么样？

父亲没说错，他只是一个担心领地被人侵犯的边防员，克莱奥触碰到了他的卑怯，于是他惩罚了她。他任由其他女孩手挽着手，排着队在学校走廊里对她喊：**克莱奥勾引老男人**。他不再听玛莲·法莫和让－雅克·戈德曼的歌，不再搭理那个强迫他过马路时闭上眼睛以考验他对她的信任度的克莱奥。

他告诉父母，克莱奥接下来会进入巴黎拉辛高中的舞蹈班。父亲向他要了她的地址，之前他曾说过要送她扬科列维奇[①]关于宽恕的一篇文章和缪塞[②]的一首诗，他不应食言，这是原则问题。

① 弗拉基米尔·扬科列维奇（1903—1985），法国犹太裔哲学家和音乐学家。

② 缪塞（1810—1857），法国浪漫主义诗人、剧作家，代表作有《一个世纪儿的忏悔》等。

1989年，高考成绩出来了，约纳兹未能达到优秀，仅差了零点二分。七月，他在香榭丽舍大街遇到了一个英国女孩，她和他一样，来看让-保罗·古德[1]编排的法国大革命两百周年纪念游行。他进了法学系，在巴黎市中心与人合租一套公寓，这一切，正如他之前与克莱奥说的一样。他很少去看电影，暗下决心要马上开始学贝斯。

每天晚上，约纳兹、克拉拉和母亲都会互通电话。父亲住院了。三个人都没哭，只列出了要做的事：把随身听带给他，他在医院不习惯不听音乐；要买新书了，他快要没书读了；要重新约医生见面，上一次化疗后父亲很难受；可以给他做西葫芦蛋糕，容易下咽。

父亲一直挂着吊瓶，里面加了吗啡。他问起加娅拉，叹息说这个女孩很平庸，可惜约纳兹没能与克莱奥在一起。他还说，要写完给她的信。说到这儿，他倚着枕头坐直了身子，手指在空气里画着一些字符。

---

① 让-保罗·古德（1940—　），法国平面设计师、插画家、摄影师，他精心编排了1989年在巴黎举行的法国大革命两百周年纪念游行。

1990年5月的一个周四，楠泰尔[1]的一间大型阶梯教室里，历史老师突然宣布，鉴于目前的局势，今天调整一下上课的内容，我们来谈一谈1940年颁布的反犹太法以及法国的反犹主义。在此之前，我们先默哀一分钟。

默哀进行到半分钟时，约纳兹就觉得恶心。坐在他旁边的女孩打着哈欠，百无聊赖地在纸上画着小框框。

他站了起来。他不想要这样的默哀，也不想要这样的历史课。不过，历史和沉默，两者本就紧密相连。他想在黑板上写下这个名字——费利克斯·热尔蒙先生，然后大声念出来。这个人死于十五天前，埋葬于卡庞特拉[2]的犹太人公墓。入土不久，这具八十多岁的尸体被挖了出来，衣服被扒光，骨架被拆得七零八落，扔在四分五裂的墓碑上；他脸朝地，双腿间插了一根伞柄，象征着桩刑。

卡庞特拉市有三十四座犹太人墓地被践踏，这条消息上了各大报纸的头条。

那是一个周一，巴黎街上行人步履悠闲，正是晚间散步的时间，两旁的路灯刚刚亮起，在黑暗的路面上投下一道道橙黄的光晕。姐姐拉着他的手，就像他们小时候一样。游行队伍里有个人冲了过来，他不得不松开了姐姐的手，

---

① 楠泰尔，法国巴黎市西郊工业区。

② 卡庞特拉，法国普罗旺斯-阿尔卑斯-蓝色海岸大区沃克吕兹省市镇。

但很快，她又拉住了他。母亲不断说：很好，真的很好，没人喊什么口号。泪水从她灰暗的脸颊流了下来。

队伍里有一排人，穿着灰色西装，约纳兹看到其中有弗朗索瓦·密特朗的身影，还有其他政界名流：乔治·马歇[①]、皮埃尔·莫鲁瓦[②]、阿兰·朱佩[③]。在他们身后，是身穿天蓝色西装的达妮埃勒·密特朗[④]。

游行已近尾声，可是没人离开队伍，大家依旧继续往前走着，一言不发，就那样走到了共和国广场。队伍里突然蹿出几个人，在“珍妮家的小酒馆”的外墙上涂涂画画，那里常年有国民阵线[⑤]成员聚会。姐姐吹起了口哨：“好样的！”母亲嘟哝了一句：你以为自己在干吗，参加极右翼党派的游行吗？让那些纳粹分子喝他们的酒去吧，我们得保持低调，不要抱怨。克拉拉喊道：我可不想再躲了。

约纳兹正要阻止姐姐，突然看到一只手朝他的方向挥舞着。女孩长发飘飘，快步朝他们走来，她脖子上围了一条深红色的丝巾。是克莱奥。她拉起母亲的手，又拉起姐姐的手，和他们打招呼，随后问道：塞尔日呢？他没来吗？约纳兹告诉她父亲已经过世了。她把手抵在胸口：不是吧！不是吧！随后抱住约纳兹。她以前好像没这么高。记忆里的她，还停留在那个午后的小广场，那个勇敢的女孩，告诉他不要感到羞愧，劝他要直面生活。

---

① 乔治·马歇（1920—1997），法国左翼政治家，曾任法国共产党总书记。

② 皮埃尔·莫鲁瓦（1928—2013），法国社会党政治家，曾任法国总理。

③ 阿兰·朱佩（1945—　），法国政治家，曾任法国总理。

④ 达妮埃勒·密特朗（1924—2011），弗朗索瓦·密特朗的妻子。

⑤ 2018年已更名为国民联盟，是法国一个极右翼民粹主义政党。

高中课堂上，她翻开平时收集文章的笔记本时，约纳兹偶尔会在里面瞥见父亲的笔迹。有一天，他主动提出帮忙：这些关于宽恕的故事，读起来可不容易。克莱奥在桌子底下伸了伸腿，脚后跟点地，脚尖左右晃着，回了他一句：谢谢，我自己能读懂。

*

约纳兹回过神，看着屏幕上陌生的发件人 verylucie@free.fr。他开始给对方回信：克莱奥确实是自己“1987 年的美好回忆”，但他不确定自己是否也是她的美好回忆。

3

奥西普的办公桌上散落着各种处方单和便利贴，许多纸条上都胡乱写着某个名字，以提醒自己给对方回电。昨天收到的那个蓝色信封，被他用一个回形针别在桌上的日历上。

办公室如此凌乱，也是因为他一直待在里面。他早上七点三十分开始接诊，一直工作到晚上九点三十分，周六也不休息。他的工作安排异常严谨，上午用于接待重要的病人，例如在首次登台前夕扭伤的人，或在比赛期间肌肉拉伤的人；下午和晚上主要用来缓解病人身体的疼痛，确保他们第二天可以继续上台表演。

*

这么多舞者来找他治疗，纯属偶然。三十年前，奥西普在一栋楼里开了间诊所，为一些饱受腰痛之患的上班族提供理疗。一个周六的下午，住在这栋楼的一个年轻女孩突然跑到诊所，满脸惊慌：她在排练中受伤了，可是几天后，她要去参加洛桑[①]国际舞蹈大赛。经诊断，她的股四头肌受伤，根本无法在这么短的时间内恢复。她用五个字打断了他的话：我必须跳舞。他得想办法。

① 洛桑，瑞士法语区城市。

从那时起，他就明白了，以后面对这些无所顾忌的家伙时，不需要再讲什么医学知识了：他们必须跳舞。

起初，他像教小孩要等绿灯亮再过马路一样，反反复复告诫他们：不要滥用止痛药，不要滥用消炎药！

慢慢地，一年年过去，他妥协了，把自己当成一个机械维修工，哪个地方出了问题，就往上面贴一块小补丁。他们必须跳舞，所以他只能妥协。舞者都是些疯子，但奥西普狂热地爱着他们。

妻子莉迪娅知道他每天被女孩环绕，想着她们个个身材曼妙，小腹紧致，玉手纤纤，胸如蓓蕾，有些担心他把持不住。他告诉妻子，自己看到的更多的是她们畸形的脚、肌肉发达的背、因积液过多而肿胀的脚踝、黑眼圈，还有长期营养不良而导致的苍白嘴唇。

他特意在笔记本上记下一些此前从未接触过的舞蹈术语：一条腿抬起，另一条腿做代弗洛佩[①]，需要牵动腘绳肌腱。可是，本子上的这些术语对他毫无帮助，他还是无法想象出病人是如何受伤的，这令他很是生气。

莉迪娅建议，也许你可以去旁听一节舞蹈课？于是他问了两三个小女孩，说有个小男孩想学跳舞，让她们推荐一家舞蹈培训机构。当她们问男孩年龄时，他尽可能假装轻松地说：我就是那个男孩。

他来到丽派朵专卖店，就像要进入一家性用品店一样紧张，开门后尴尬地发现，自己身处一群身材纤细的小女

① 代弗洛佩，芭蕾舞的基本术语之一，指幅度较大的伸展动作。

孩和她们的妈妈之间。

他告诉店员，自己要买一条黑色莱卡紧身裤，一双44码的黑色舞蹈鞋和一件白T恤，不需要礼品袋，他自己穿的。他四十五岁了。

他向妻子宣布，每周三他会早点关门，去玛黑区[1]的舞蹈培训中心学习舞蹈。莉迪娅听后目瞪口呆。他得强化有关舞蹈的知识，单单看他们跳舞根本没用，得亲身体验才行。

男更衣室里空空荡荡，只有两个少年和一个与奥西普穿着同款紧身裤的小男孩。

看自己的丑态是一种折磨。镜子冷冰冰地反射着他现在的样子：紧绷的肩膀举到耳边，膝盖朝外翻开。伴随着一首肖邦的华尔兹，他跳了起来。有那么一瞬间，他觉得内心很快乐，直到突然看见镜子里的自己——踉踉跄跄，气喘吁吁。古典舞的老师名叫安娜，年轻，精力充沛，她把他的腿抬高到四十五度，然后开始看表读数：九十秒后，肌肉纤维才会松下来。这种说法在医学上根本说不通，奥西普并没有反驳，他全身心地投入常规的舞蹈训练，一个半世纪以来，所有舞者都是这么练的。安娜鼓励他："还不错，加油，奥西普！"他心中兴奋起来，就像其他众多舞者一样。班里的年轻学员也来鼓励他，说在他这个年纪，这样已经很厉害了。奥西普成了他们的吉祥物。

早上醒来的时候，右边半月板一阵疼，下背部也不时

---

① 玛黑区，位于巴黎四区，遍布时尚精品店、画廊和酒吧。

作痛，应该是昨天的开胸动作所致。有一根筋像是张得太紧的绳子，一直松不下来，令他的身体不停抖动。

坚持了一年后，他还是放弃了，自己的习舞之路毕竟晚了三十五年。他小心翼翼地叠好紧身裤，把舞鞋收进柜子里，心里一阵惆怅。他对那些舞者病人更添钦慕，在他们为之奋斗的世界里，没有他的立足之地。

在现场看他们表演时，他会紧张地屏住呼吸，担心他们出错，就像一个服装设计师，担心自己设计的华美礼服在舞台上会突然崩开。在他们表演完开始答谢观众时，他也会难掩激动地抽泣，只好用一阵咳嗽掩饰，避免一旁的莉迪娅担心。

奥西普很疼爱他的舞者们：他会用预先加热过的毛巾铺在检查台上，把收音机的音量调柔和；每天早上，他会在候诊室喷洒橙花味的空气清新剂；茶几上的八卦杂志也被他换成了《美术杂志》和《舞蹈》。

他像是这些女孩的父亲，她们都有细长的脖子，大大的眼睛。傍晚，她们一松开皮筋，长发便如丝线般飘散开来。有一次，在候诊厅里，阿芒迪娜、亚历山德拉和她们的母亲纷纷向他问好，个个热情洋溢，一时间他都分不清谁是谁了。

这些女孩的童年时光并不难想象：住在奥斯曼风格的大楼里，大楼门口铺着深绿色的地毯，一直延伸到安静而宽阔的楼梯；每个周日，她们会去卢森堡公园散步，平时会去香榭丽舍剧院看演出；有专门用来度假的别墅，还有已经成为“家里一分子”的保姆。

有个女孩与众不同，光她的名字就很不一样：贝蒂，像昵称。奥西普第一次见到她时，她才十七岁。

那天，她穿着一条牛仔短裤和一件天蓝色衬衫，白色的领子衬托着她古铜色的皮肤。她朝他伸出纤长的手指，骨节明显，指甲剪得很短。贝蒂说话有些口齿不清，与她一米七六的身高形成鲜明对比。她很有礼貌，像个乖巧的孩子，其他病人都直接称呼他的名字奥西普，她却加上“先生”，还会为迟到几分钟而不停道歉。

贝蒂告诉他，学院的老师还有她的未婚夫都认为她能在秋季之前进入某个大芭蕾舞团。说这话时，她并无丝毫炫耀之色，而且她的履历也让人肃然起敬。虽然她是在巴黎郊区的一家 MJC 舞蹈中心学的舞蹈，也没上过多少节私教课，但她多次在全国大赛乃至欧洲大赛中获奖。

四个疗程结束后，奥西普发觉自己对她的病情根本无能为力，开始害怕她的到来。刚刚处理好一个地方的疼痛，其他地方又会疼起来。当然，身体不同部位的疼痛是会互相影响的：膝盖处的肌腱炎可能引发腰痛，股四头肌的拉伤可能诱发锥体束征等，但贝蒂身体的问题毫无逻辑可循。奥西普常说，身体“发声”时就得用心地倾听，可是贝蒂身体的语言缺乏条理。

她痛得肩膀都动不了。可是痛从何而来呢？她一无所知。深夜，小腿胫骨处传来一阵刺痛，三天后这种刺痛消失了，颈部又开始痛起来……奥西普很是头疼，他重新翻出那些有十来年没有查阅过的教科书，希望能从中找到答案。他还把她的情况和工作室的心理医生说了，后者建议叫贝蒂去和他谈谈，可是奥西普没敢对她说。

奥西普问贝蒂的睡眠和饮食是否规律。她将长长的腿伸直搭在桌上，满脸疑惑：她每天会喝一升半的水，饮食清淡，零点之前就上床睡觉了。未婚夫也搞不懂她为什么会这样，他们在一起有很多年了。

一天上午，贝蒂送给他一个小礼盒，是一盒巧克力。她刚刚过了十八岁生日，又通过了波尔多戏剧院的面试。

老病人不来了，奥西普很少会因此不痛快。他常和妻子说：那些女孩身轻如蜻蜓，骨骼像是钛做的，她们急着忘记他这个人和他的治疗。

一年半后，他收到了她的电话留言：先生，您好。我是贝蒂，您还记得我吗？

和以前一样，他去一旁拿毛巾时，贝蒂会歪着头看壁橱墙上的照片。她还是会咬指甲，虽然她自己也说这是个坏习惯；她还是会跟他说未婚夫的事；解开衣服时，她还是会背过身去。

他问她在波尔多戏剧院怎么样？她说自己几乎没上台表演过，一直是待命的替补。编舞师对她的舞技、身材和优雅赞不绝口，可那有什么用，除非某个领舞跳不动或突然受伤了，她才有机会上台。自己就是一个“备胎”，永远是第二选择。

她的语气中充满苦涩、疲惫和自嘲，之前的她并不这样。

十七岁的贝蒂梦想着出演主角，扮演精灵或天鹅。十九岁的她奔波于各类广告和时尚活动的试镜——为了赚口粮。贝蒂每周做两次理疗，其间聊起各个品牌，她说它们就像通讯录上的电话号码，有些还经常联络，有些则早已不知所终。为了耐克（Nike）的面试，她得假装会打篮球；在纳尔塔（Narta）的面试现场，她前面排了三十多个金发碧眼的舞者，她觉得自己根本没必要等下去；依云（evian）的面试也一样，虽然招聘启事上没明说，但大家都心知肚明，最后的幸运儿一定是金发碧眼的舞者，似乎只有白人喝矿泉水的感觉才美好。奥西普正准备把电疗仪放在她的下背部，她说：先生，您明白我说的意思吧？

她离开后，奥西普在这个小房间里又静静地待了一会儿，里面存放着各种档案，摆着干净的毛巾和护理产品，墙上挂满了签名照，上面写着"非常感谢你，奥西普"或"不胜感激"之类的话。

妻子取笑他：你这里真像个衣冠冢，你的生活就是一座博物馆。小小的理疗室弥漫着紫罗兰的香味，其中还有一股淡淡的甜味，那是很久以前一个小女孩的母亲送他的香薰蜡烛。

在迪亚芒特尔夜总会当服装师的朋友曾送给他一块淡青色的方形绒布，奥西普在上面放了一张基洛夫芭蕾舞团①的一名男舞者的照片。当时舞团来法国演出，这名舞者因

① 基洛夫芭蕾舞团，世界上最优秀的芭蕾舞团之一，1860年成立于俄国圣彼得堡。

髋部剧痛前来治疗。照片里，舞者高高跃起于离地一米处，背部形成了一条完美的弧线，整个人似乎摆脱了地心引力。

这就是奥西普对舞蹈的期待：让人暂时忘记世界上隔三岔五出现的犯罪案件、灾难、金融丑闻、民意调查和娱乐新闻。新闻里净是些无关紧要的糟心事。世事难料，一切终会被遗忘，奥西普觉得无所谓。唯一能永久流传的，是这些人对美孜孜不倦的追求，尽管这背后充满了苦痛。

他的大多数病人永远没有机会在台上扮演主角，这与他们平时的训练相反。但这种处境下更能突显他们的伟大。贝蒂不明白这点，她觉得自己的痛苦并没有令她显得伟大。下次要告诉她。

听完他的话，原本躺着的贝蒂支着肘坐了起来，问道：奥西普先生，您不是经常去加尼叶歌剧院吗？您看到台上的舞者了吧？什么发色的人都有，金发、褐发、红发、棕发，身材也有高有矮，但看看肤色，都是白人！如果有人质疑歌剧院种族歧视，管理层便会拉出一位阿拉伯裔明星男舞者和一位亚裔女领舞，这样就足够交差了。

在整个童年时期，贝蒂一直为自己腿上的传统白色裤袜与裸露在外的古铜色胳膊之间的反差感到羞愧，这与睡美人的形象相去甚远。她每天都会在身上涂满瓷白色的粉底，这样就不至于在人群中显得另类。去参加《天鹅湖》的试镜时，编舞看到她便皱起了眉头，这不禁令她觉得自己进错了门。尽管获得过诸多奖牌、奖杯和众人的喝彩，她依然不为大众所接受。

奥西普叹了口气：这很不幸，但传统就是如此……

可是奥西普先生，您认为这也是广告圈的“传统”吗？大多数招聘启事只写要找一米七五至一米七八的女舞者，要求舞技扎实，留长发。这些条件我都具备。但我这样的肤色恐怕不能让人联想到矿泉水的纯净和香水的清香吧？经纪人建议她去参加“大溪地”① 沐浴液广告的试镜，这个品牌旗下的产品还有小麦粉和朗姆酒。有些面试官听到她不会跳街舞，露出了不可置信的表情……

贝蒂不是阿拉伯人，不是安的列斯人，也不是大溪地人。母亲的籍贯是伯利兹，但出生于法国的马恩河谷省②，她对 Rap③ 也一无所知。她也许更适合跳巴赫或者肖邦的慢三④圆舞曲。所有人都对她说，她**不白**，或者不够白。她早已厌倦。

奥西普沉默了。她的控诉让他有些尴尬。他担心病房里的和谐会被打破，治疗的氛围很重要。广播里传出一段音乐，是乔治·德勒吕为电影《轻蔑》创作的配乐。

他问贝蒂：你看过这部电影吗？里面的主演碧姬·芭铎⑤也曾是舞者，也许哪天你也可以去演电影。他一边说，一边把手慢慢地放在她的膝盖上：现在，深呼吸，用力推我的手。

---

① 大溪地，法属波利尼西亚向风群岛上的岛屿，也是法国的一个洗浴品牌。

② 马恩河谷省，法国法兰西岛大区所辖的省份，位于巴黎东南方。

③ Rap，一种快节奏说唱音乐。

④ 慢三，简化版的华尔兹。

⑤ 碧姬·芭铎（1934—　），法国著名演员、歌手、模特，主要作品有《穿比基尼的姑娘》《上帝创造女人》《轻蔑》等。

整个周末，奥西普都在翻阅一本古典舞百科全书。虽然里面白天鹅和公主比比皆是，但还是能找到一些带有“异国情调”的角色，贝蒂应该可以完美演绎，如摩尔奴隶、街头女子、西班牙吉卜赛人、波斯妓女等。莉迪娅在一旁怒骂：古典舞里怎么这么多条条框框！也许一百年后我们才能在加尼叶歌剧院看到黑皮肤的精灵和来自阿拉伯的天鹅吧。但现在，贝蒂生气也是正常的。不过，贝蒂怎么会迷上芭蕾呢？妻子又揶揄道，她要是愿意转行去跳东方舞就好了，你觉得呢？

下周四再见到贝蒂时，她心情好像不错，下背部的疼痛也减轻了。看来电针和激光的交替治疗效果不错。

广播里正在播报下午一点的新闻。奥西普通常会把声音调低，等新闻结束，音乐声响起时，再把声音调高。但现在他一直站在贝蒂身边，紧紧握着她的脚踝。女孩俯卧在床上，用力把上半身往上抬，看自己能否完成阿拉贝斯克。得重复十次。

广播里，巴黎市长的声音与奥西普“1——2——”的声音混在一起。

上周我去古得多闲逛，就在那里，一对法国夫妻，两人都有工作，工资加起来只有一万五千法郎，他们只好住在公租房里。

（人群发出了赞同声。）

同一层楼里还有另外一家子，家里有一个男人，他有三个还是四个妻子，二十多个孩子，什么也不干，却能拿到五万法郎的社会救助金。你们还想怎么样？

（人群响起了鼓掌声。）

奥西普感觉到贝蒂的脚踝在他手中颤抖起来。

除此之外……

除此之外，他们这么多人，必然会产生很多的噪声和臭味。

（人群哄然大笑。）

所以，这个法国劳动者，他疯了，就这么疯了。这也可以理解，如果你们待在那层楼里，你们也会有同样的反应。我说的这些话和种族歧视毫无关系。

这番“措辞强硬”的发言结束后，传来了天气预报员低沉的声音。奥西普笑着说“措辞强硬”这词用得好。

和以往一样，贝蒂背对着他重新穿好衣服。大多数来就诊的舞者会无视他的存在，习惯面对着他套上裤子，贝蒂的羞涩总是令他动容。这样的举动略带些孩子气，就像孩子撞见别人的目光时，会下意识地抬起一只手遮住双眼，仿佛这样别人就看不到他们了。

几天后，贝蒂母亲打来电话：周四贝蒂可能来不了，她心情不好，但应该很快就能恢复过来。她很坚强，而且非常迷恋舞台，这一点，相信奥西普一定注意到了。从十岁那年起，她的舞蹈生涯便如火箭般蹿升，每次都能很快重返轨道！因为一点小事就放弃舞蹈，放弃未婚夫，放弃**我们**为此付出的一切，这不可能。如果在意那些小女孩说的话……

莉迪娅安慰他：那些肮脏言论与这事没什么关系，贝蒂应该与那些上了年纪的政坛人士毫无瓜葛。

每天早上，电话机里的留言都没有贝蒂的消息，奥西普的心情变得很沉重。他的心就如这间小理疗室，只喜欢传统世界里的老式香味。可贝蒂被这些传统排除在外了，她曾这么问他：先生，您明白我说的意思吧？

时间如流水，一年年过去了。季节交替之际，总会有许多人受伤，因冬天的排练室供暖不足，因夏天身体流失了过多的水分。

经常有一些编辑或者杂志社记者来找奥西普，但都被他婉拒了。他觉得自己没什么“窍门”好分享的，因此无法帮到那些抱怨没有**完美身材**的女孩。

年轻的理疗师很钦佩他，因为他诊断精确，几乎没有他不知道的舞蹈创伤。随着年纪增大，奥西普也渐渐成了一个老练的外交家，知道协调各方面的要求，以获得众人的好感。为了讨好舞者，虽然明知他们过度服用止痛药，他也闭口不提；为了讨好舞团的经理，虽然明知对方的管理方式粗暴，他也不过多批评。

如果有人因此指责他，他就会说，这是一个有其“传统”的特殊世界。

没人觉得他会退休，从业至今，他也从来不用电脑。想找他的话，只能打电话或写信。

*

收到蓝色信封里的信已有一个星期了，奥西普读过一遍后，用一枚回形针把它别在日历上，提醒自己尽快回信。

这天早上，他又读了一遍。

写信的人自称是贝蒂的丈夫罗班，开头是一段恭维话：奥西普对贝蒂很重要。

后面行文简练，说需要“为一件牵扯到贝蒂的案子提供一份资料”。奥西普只需要写几句话，证明他的妻子有段时间“心情抑郁，表现出遭受创伤后的症状”即可，最后再署上名字。罗班很细心，在信中附上了贝蒂以前就诊的具体日期，甚至还附了一张她十几岁时的照片：身穿白色圆领长袖衬衫的贝蒂，棕色的鬈发挽到了脑后，眼眸如水，自信满满。当时她坐在床头，和奥西普一起寻找伤痛的原因。

那段时间，贝蒂让奥西普产生了深深的挫败感，他搞不懂她身上的那些症状和问题。贝蒂闯入了他的世界，发现了那个挂满照片的小理疗室，照片中的女舞者个个身穿肉色连裤袜，姿态优雅，宛若公主。

蓝色信封是方形的，这很少见。把它塞进信箱时，奥西普感觉自己投出了一张选票。但他的心情很平静，自己做了正确的决定。

4

电视屏幕上跳出几行紫色的字，停留了一段时间后才消失。那是一个向公众召集证人的公告。随后，屏幕上出现了两位女嘉宾，她们身穿同款深色连帽卫衣和灰色棉布长裤。记者直呼她们的名字，伊妮德和埃尔维尔，说她们“是#MeToo[①]运动后期女性受害者的代言人，曾获得许多著名奖项”。这两位四十来岁的嘉宾目光沮丧地匆匆对视了一下，然后告诉大家她们下一部纪录片的主题，并给出一个邮箱地址，说：1984至1994年间，如果你们年约十二三岁，曾与一个“伽拉忒亚基金会”有过接触，请通过这个邮箱地址与我们联系。

阿朗关掉电视。对面是一家花店，摆着一束束黄色的小苍兰，预示春天要来了。他一直不喜欢春天，太过喧嚣，赶走了冬天的沉静。还是冷一点的冬天好，夜晚来得早，寒冷令行人步履匆匆。灰暗的天也更能令人感到宽心，人们可以躲在家里自怜自艾。

时光流转，我们怎么就突然变老了呢？甚至再也想不起某个本以为永远不会忘记的名字。是叫“伽拉忒亚”“普罗米修斯”，还是叫“卡西奥佩娅”？

记忆力衰退是男性更年期的典型症状，每天早上起床

① #MeToo（#我也是），2017年10月哈维·韦恩斯坦性骚扰事件曝光后，在社交媒体上广泛传播的一个主题标签和运动，用于谴责性侵犯和性骚扰行为。

后的无精打采也是。阿朗不记得在哪里读过这样一句话：打破常规和保持好奇心可以减缓神经元的衰老。

*

多年来，他是让成千上万观众惊叹不已的人。多年来，阿朗无论在哪个城市、哪个音乐会大厅，总会遇见这样一些女孩，她们斜挎着一个小背包，头发用毛绒发圈扎起，唇红齿白，香甜可人。

她们有些人假装在包里翻找，然后对检票员说“忘带”邀请信了；有些人确实认识某个乐手；有些人声称认识某个乐手；有些人选中了阿朗或某个技术人员；有些人听到歌词就觉得那是为她们量身定制的；有些人觉得不舒服，必须悄悄地撤离。

舞台监督给阿朗起了一个绰号——“瑞士军刀”。他是个全能的人，预订火车票、飞机票、酒店、出租车，制定行程，永远不忘在行程表上用粗体写下自己的电话号码，后面又加上一行大字：随时联络。

他是乐队的父亲、朋友、心理医生和舞台监督。他管理过数百支乐队，接触过吸毒成瘾的鼓手、被迫弹吉他以获取掌声的大提琴手。他名下曾有数百位摇滚歌手，这些人崇拜“电台司令”[①]，厌恶别人把他们和印度支那乐队[②]做比较。阿朗早已习惯他们捅出各种各样的篓子。吉他手会

① 电台司令（Radiohead），英国的另类摇滚乐队。

② 印度支那（Indochine），1981年成立于巴黎的新浪潮摇滚乐队。

在上场前两个小时来找他，说把吉他扩音器忘在了六百公里外的酒店房间里。歌手会向他抱怨，说演出厅音效太糟，无法在这样的环境下演唱。他只能安慰他们，就像安慰那些流浪狗一样。其实他们都还是孩子，因为吉他三和弦而一夜爆红。几十年后，当他们离开这个喧嚣的舞台，变成五十几岁的普通人时，也许会给他发来少年时的照片。

“瑞士军刀”阿朗，全能又低调。他有一个药贩子的联络名单，可以随时让他们提供大麻、安眠药和止痛药。他还有一个女孩名单，里面的女孩不介意和某个乐手过夜，不会因此觉得他们之间的关系“有所不一样”。绝不能联系性工作者，否则有些乐手会觉得受到了侮辱。最好是女大学生或者看起来像大学生的女孩子。拂晓时分，阿朗会为她们叫一辆出租车，有些女孩离开时眼圈都黑了，有气无力地说着“谢谢”。

唱片公司都很赞赏阿朗处理这些杂事的灵活性，1995年2月某个晚上的“娜塔莎”事件就是他出面解决的。

现在，这个“娜塔莎”的年龄应该在四十五岁到五十岁之间。她说的那个机构，名字正是“伽拉忒亚”。

1995年2月11日，杰夫·巴克利[①]上台的时间定在了晚上八点。有人劝他晚十几分钟再上台，可是他很固执，就要在这个点上。伏尔泰大道上挤满了焦急的观众，每个人手上都捏着演唱会门票。保安竭力维持现场秩序。此时，场内传出《最后的告别》的开头音乐，观众们情绪越来越激动。阿朗原本坐在控制台上，准备趁机好好欣赏演唱会。突然，对讲机里传来巴克利的法国经纪人的喊声，言简意赅：出大事了，赶紧出来！

地上坐着一个女孩，她正揉搓着膝盖，周围聚集了一堆围观者。她的钥匙从藏青色背包里掉了出来，有人帮忙捡了起来。“你受伤了吗？”阿朗忙问。现场的保安很气愤，说女孩装无辜。女孩听后朝他小腿踢了一脚。“我根本没怎么用力推她，她在演戏！而且她也没有门票。”旁边的一个小伙子摇了摇头，说女孩一再向保安解释，她有门票，之前通过“好的FM”比赛赢来的，但要到售票处领取。旁边另一个男子手里拿着摩托车头盔，讥笑道：“美女，你就是个神经病！”

女孩霍地一下站了起来，出乎意料地重重推了那家伙一把，那人踉踉跄跄，撞到身后的垃圾桶上。人群哄笑起来。男子喊道：“疯女人！”保安上前抱住女子。阿朗担心

① 杰夫·巴克利（1966—1997），美国创作歌手、吉他手，其作品影响了众多欧美歌手。

有人受伤或招来投诉，赶忙对保安说：让她进来吧，如果她真的没票，到时再算在我头上。

演唱会结束后，女孩仍待在控制台边。她扎着马尾辫，一直没有取下裹在头上的围巾。她犹豫了几秒钟后，才告诉阿朗自己叫“娜塔莎”。这显然是个假名，阿朗并未深究。她向他表示感谢，为无法“立刻”点评这场演唱会道歉，因为自己还处于“刚才的氛围里”。阿朗身边尽是靠浓妆艳抹变美的女子，一时之间，他竟然无法判断这女孩是否漂亮。她的美并不张扬，恰到好处，令人觉得舒服。阿朗接过她的话：你说没法立刻点评这场演唱会，意思是过会儿就可以吗？

两人来到巴塔克兰剧院附近的一家餐厅，点了一份热巧克力和一杯啤酒。女孩的屁股轻轻地搭在长凳上，终于松了口气。她解开自己的马尾辫，好像准备要睡觉一样。栗色的头发纷纷散落，在灯光下如波浪涌动，往两侧脸颊投下一缕缕柔软的阴影。她的睫毛很细，略微下垂的眉毛让她看起来像一只漂亮的小狗。

他开始问她问题。一旦男人对她们表现出兴趣，绝大多数女孩都会很兴奋。

你住在巴黎哪个区？你是大学生吗？

“娜塔莎”皱了皱眉：你是什么人，警察？阿朗提议玩一个游戏，两人分别列举四个最害怕的东西，以促进彼此的了解。

阿朗列举了蜘蛛、地窖、电影中躲在房子里的杀手以及暴风雨，都是些小男孩恐惧的东西。他觉得一个胡子拉碴的中年男人说害怕这些东西应该会让女孩放松警惕。

“我什么都怕。”她先说了句赖皮话。阿朗抗议说游戏不能这样玩，于是她补充了一些女孩子通常会害怕的蛇、蟑螂、黄蜂，最后加了一个不太寻常的东西：她害怕不太熟悉的人的好意。有些好意就像是教会的传单，鼓动别人去教堂做弥撒，总是不禁让人怀疑可能要为此付出什么代价。阿朗觉得这样的想法很有趣。女孩说话尖利，与她潦草的穿着并不匹配。她叠穿了几件毛绒衫，外面披了件夹克，下身穿了一条黑色紧身裤，袜子套在外面，还戴着一双露指的手套，身上透着一种似有似无的优雅和若隐若现的轻浮。

“娜塔莎”好像可以坐一整夜，阿朗本应觉得高兴才对。可是他明天早上六点五十分要赶火车去斯特拉斯堡，后天要去雷恩，之后还要去图卢兹。

“我们出去散散步怎么样？”阿朗说。女孩点了点头，说随便去哪儿都可以。他提议去蒙马特高地，说这个点那里没有游客，正好可以去逛逛。他的摩托车就停在附近，在巴塔克兰剧院后面。

摩托车沿着勒皮克街一路飞驰，过了索尔街后，他绕开了小丘广场，附近有几个酒托试图把他们拉进餐厅，那里的桌布常年被啤酒浸湿，如浆洗过一般僵硬。他说自己就住在附近，已经有十几年了。

话音一落，他才意识到女孩可能会觉得他蓄谋已久，仿佛她亏欠了自己什么。他赶忙含糊不清地解释起来，好像解释得越多，性挑逗的意味就越弱。可女孩似乎并没有生气。两人来到露易丝·米歇尔广场高高的栅栏前。惨白的灯光笼罩着夜幕下的圣心大教堂[1]。这会儿要是能进去就好了，对吧？就我俩。

一开始，他有些胆怯，说有保安，自己腿脚又不利索，而且围墙也太高了。

现在是午夜一点，根本没有保安，而且翻过这样的围墙并不难，她反驳道。说完她先跳了上去，他只好跟上。爬到墙顶时，他的手紧紧抓住一个铸铁环，一动不动地蹲在围墙上。她伸手拉了他一把，并没有嘲笑他。

在离地一米多高的地方，她直接跳了下去。

墙上有不少涂鸦，许多石头上都写着字，她像个小孩一样，细细察看。看到注射器或装吗啡的空瓶时，她会皱皱鼻子。她偶尔指指地上，那里有一个用过的避孕套——脏兮兮的。随后，她跳到一张长凳上，把鼻子埋进红色的围巾里，双臂张开，踮起脚尖走着，像是在走平衡木。

她说她二十三岁了。阿朗有些吃惊，他原以为她只有十七八岁。她马上从包里掏出一张破破烂烂的身份证，说如果他不相信，她还可以把驾驶证给他看。

她快步朝出口走去，地上有个可乐瓶，她踢了一脚。她的裤子上挂了一些小枝条，手肘处也沾了一些土。他在后面“嘿”了一声，叫她慢点，别把他一个人甩在黑

① 圣心大教堂，蒙马特高地的著名旅游景点，兼具罗马及拜占庭建筑风格。

暗中！

他问能不能先坐一会儿，她同意了。想着要再翻一次围墙，他有些担心，感觉天也冷了起来。但“娜塔莎”好像对这冬日寒夜毫无感觉，问了他一些问题：杰夫·巴克利本人和他的音乐像吗？生活中他是什么样的人？昨晚他唱《哈里路亚》时一直闭着眼睛，每次演唱会他都这样，还是说昨晚他特别激动？

阿朗向她坦承，别人第一次向他介绍杰夫·巴克利时，他只觉得这个美国歌手长相帅气，和之前看到的宣传照片一样，俯视的时候很轻易就能吸引那些年轻女孩。后来听了他的歌，发现他就像乐评人说的那样，拥有“天使一般的嗓音”，音域能横跨五个八度，仿佛能抚平人的痛苦。

这个小伙子的乐感非常灵敏。试音过程中，他一直闭着眼睛，要求大家保持安静：“所有人都别出声。”然后，他走到麦克风旁，哼唱着“mmm”，声音低得几乎听不见，接着，他慢慢张大嘴巴，“mmmeeeeaa”，声音渐渐大了起来，由低沉变为洪亮。调音师俯身在控制台上不停调整，避免音量的突然变化。声音不对时，他会反复哼唱那句“Hallelujah, and love is not a victory march and love is not a...”（哈里路亚，爱不是一场胜利大游行，也不是……），会皱着眉头用自己的吉他调整“mi”音。他把这句歌词拆分开来，剔除其中的元音，只唱“L-N-V-M-L-N”这些辅音，直到把音调准。调试过程中，他还说某个中高音频段大概有 2000 赫兹，“令人难以忍受”，要求调音师立刻校准。这家伙仿佛在肚子里装着一套高保真音响。

阿朗突然发现自己说得太多了，一直在拿身边的趣事开玩笑，而且停不下来：经纪人异常谨慎，只要巴克利打个喷嚏，他就急忙冲到空调前，甚至不惜用自己的大衣盖住。

阿朗以一种自以为是的语气对歌手下了论断：这些人一旦感觉名气下滑或关注度减少，就会很紧张，像是受到惊吓的野兽，想紧紧抓住现有的果实。想想看，如果接连被艺术总监拒绝十几次，确实挺凄凉的。大多数音乐人需要别人来肯定自己，正因如此，他们才要求住豪华酒店，出入高档餐厅，身价的昂贵才能体现自己依然受到观众喜爱。这其实挺令人感慨的。有些时候他们抱怨某五星级酒店的房间有股“霉味”，不赶紧换房间就罢演。阿朗听完恨不得朝他们屁股踢上一脚，这样无理取闹，像极了被长辈惯坏的孩子。“娜塔莎”纠正道：不对，更像是婊子！总算打断了他的话。拿金钱来交换表演，即使表演本身感人，艺术性强，这样的行径也是婊子所为！这不是在贬低他们，只是就事论事。

这话如此激烈，出乎阿朗意料。女孩看着他圆睁的双眼，打趣道：你为什么这么惊讶？是因为我说了“婊子”这个词吗？她用食指和大拇指捻着一绺发丝，像在卷一根香烟。阿朗难以想象这样的女孩会对保安大打出手。

从圣心大教堂的花园出来，已是午夜两点。他想起了凌晨五点半就要响的闹钟，想起要制定之后几天的出行计划，要预订出租车，要保护好乐队的吉他，要检查明天的演出厅——不知道那里的音响如何。新的问题一定会层出不穷，杰夫·巴克利已经很疲惫了，但他在法国还有五场演唱会。女孩却提议去“别处”逛逛。阿朗想，还能去“别处”吗?

女孩脚步依旧轻快，与他微驼的背对比鲜明。他已近中年，狼吞虎咽了太多的三明治、汉堡和甜食，如今变得大腹便便。他得提前用某种方式按摩身体的某些部位才能顺利脱下内衣，即便是这样简单的动作，也让他感到筋疲力尽。现在，他的脚踝开始痛起来了。唉!不应该从那矮墙上跳下去的。

打开两居室公寓的门时，女孩说喜欢里面井然有序的样子。阿朗说这是于莉亚的功劳，他雇的保姆。他以前从未想过自己会找保姆，同时不得不承认，女人确实比男人细心。“娜塔莎”点了点头，揶揄道：对，如果价钱合适，我们确实可以做得很好。

她是在索要酬劳吗?自己身上有没有现金?或许可以开张支票?想到接下来的事情能像处理家务一样解决，他松了口气。

她开始脱衣服，动作迅速，毫不拖泥带水，像要开始比赛的运动员。这样的情景，再加上“娜塔莎”的化名，真令人兴奋。最后，她身上只剩下棉质的藏青色短裤和灰色的胸罩，看起来一点也不优雅。也许这次碰到的是个新手?她大腿上的肌肉线条明显，他开了句玩笑，你是自行车运动员吗?说完，他跑去关顶灯，然后打开了床头灯。

女孩说，如果是为了她，这完全没有必要——她喜欢有灯光。

阿朗抚摸着她，不时甜言蜜语：你真美，锁骨明显，脖颈柔美，臀部丰满而翘。“娜塔莎”礼貌地笑了起来：一只腿在芥末黄的床单上微屈着，不经意间露出些许疲倦，仿佛面前的阿朗是一个整天浑浑噩噩的老男人。

他挺进她的身体，短暂地停了一下，问她感觉还好吗。她语气平静：好啊。整个过程里，“娜塔莎”仿佛只是一具躯壳，机械地摆出各种姿势，心思却不知飘去了哪里。这种冷淡回应了男人的蓬头垢面、笨手拙脚和汗流浃背。对方显然并不怎么享受此次做爱。完事之后，她显得很淡定。昏黄的灯光下，她的脸颊并无激情释放后的通红。扎好头发后，她向阿朗要了一杯水。

女孩又聊起了巴克利，说自己是参加《无出其右》节目时发现他的歌的。之前从未有过这种一见倾心的感觉，他唱进了我“这里”。她用食指点着自己的胸口，显得既天真又老套。

躺在自己怀里，嘴里却赞美着别的男人，这让阿朗有些伤心，同时又觉得好笑，自己居然会妒忌一个歌手。

她接着说，语气就像医生宣告某人得了不治之症：杰夫·巴克利不久后会死去。阿朗对这样的玩笑无动于衷：这么说，你是先知？她坚持自己的看法，并引用了《优雅》里的歌词佐证：and I feel them drown my name（我感觉他们淹没了我的名字）。懂得听歌的人，自然能听出歌手是在宣告自己的死亡。演唱会开始之前，他还宣称“This Is My

Last Goodbye（这是我最后的告别）”。

阿朗沉默了。他知道有些粉丝喜欢想象自己偶像的悲惨结局，并因此而感慨。看来，“娜塔莎”也未能免俗，这反而令他放心下来。两人走出公寓时，天还是黑的。

他陪着她走向皮加勒地铁站附近，那里容易打到出租车。激情释放后的阿朗突然精神了许多，这令他自己都感觉意外，走完富瓦亚捷街道的一连串台阶后，居然也没怎么大喘气。站在红磨坊[①]前的“娜塔莎”很是惊讶。看见对方这样的神情，阿朗兴致勃勃地当起了导游，声音带点鼻音：左手边就是红磨坊，里面的舞者喜欢跳康康舞[②]，再往下是杜埃街，那里的酒吧有不少女招待，其实都是些婊子，喜欢骗游客消费。女孩插了一句：你自己也是婊子。语气里并没什么恶意。确实，之前在餐厅喝酒时，他说自己讨厌时尚圈，但组织一场走秀带来的收益几乎相当于三四场演唱会。我们都是婊子，她若有所思地总结道。

没给她钱，这样做也许有些不地道？

---

① 红磨坊，巴黎夜总会，以其上演的康康舞而闻名于世。

② 康康舞，十九世纪末起源于法国音乐厅的舞蹈，通常由数名身着艳服的妙龄女郎表演。

“皮加勒疯子”俱乐部里涌出了一帮夜猫子，在迷幻剂的作用下个个神情兴奋，与蜡白的脸色对比鲜明。几个便衣警察围住关了的地铁口，他们的影子被拉得巨长，不加掩饰地对藏在风衣领子内的对讲机说话。

阿朗伸出一只胳膊，紧紧搂住女孩的肩膀。他觉得这种表达关心的方式并无不妥，也不张扬。女孩肩膀瘦削，隔着外套依然能感觉到如鸟背般凸出的肩胛骨。她的头发散发出一股热糖果的甜香。他一抬眼，看见皮加勒广场上有一个摄影师，脖子上挂着拍立得走来走去，不断打量着路过的游客。他拉着女孩走到那家伙面前：我们留个纪念。

不！不拍照！此刻摄影师已经转过身去，被一群微醺的老年英国游客吸引了。

阿朗讥笑道：总算露馅了，看来你结婚了……一夜无眠，再加上夜间的寒意，阿朗此刻有些头昏脑涨。络腮胡处一阵痒，像是春天的花粉拂过脸颊。他突然觉得自己很幸福，也许是因为昨晚巴克利的演唱会太精彩了，也许是想到后面铺天盖地的夸赞，也许是想到马上可以在火车上舒服地睡一觉，又或者是一夜通宵聊发少年狂，又或者是因为一分钱没花就与身边的“娜塔莎”发生了一夜情，又或者是昨晚大发雄心翻过了矮墙。

一群扎着马尾辫、肩挎运动包的女孩从一处秀场出来，大步流星地走在克利希大道上，赶往附近的另一处秀场。

“娜塔莎”对着她们抬了抬下巴：她们的工作，就是在橱窗后面跳十分钟脱衣舞，不多也不少。客人只想看她们脱光衣服，别无他求。这样的**交易**，双方目的都很明确，最诚实不过。说完她轻快地笑了起来，如汽水里泛起的泡沫，与接下来要发生的事完全不对路。

女孩沉默起来，阿朗觉得对方仿佛向他透露了什么信息，原本可以借此机会问她：“你怎么知道这些事？”可他没问，因为他并不想知道这个问题的答案，他更喜欢昨晚那个敢于跳围墙、敢于和保安大打出手的女孩。

她坐在凉凉的路面上，夜晚即将结束，天空却依旧昏暗。“不知道为什么，我想和你说件事。”

“我们应该永远不会再见面了，但我不知道从何说起。”

阿朗气馁地答道：“你可以不说。”

刚开始，女孩的讲述很迷离，时不时冒出一些“永不复返的过去、永远、曾经、不可饶恕”之类的话。阿朗觉得这些词语很能打动人，或许这也与女孩年纪尚轻有关。

她别无所求，不想让他来评判，也不需要他的安慰。

远处传来汽车经过时的“隆隆”声，路旁还停着一辆旅游巴士，不时飘来一阵阵汽油味。“娜塔莎”的手不住颤抖，声音嘶哑，说话断断续续。他不敢抬头看她，一刻也不曾怀疑过她所讲之事的真实性。因为那颤抖的手、嘶哑的声音和断断续续的话。

在皮加勒广场分别之际，他拿出了一个火柴盒：可以留下你的电话号码吗？女孩没有拒绝。此时还能想到要联系方式，可能是出于舞台监督一贯的严谨吧。

她没说错。1997年5月29日，杰夫·巴克利溺亡。他的尸体是在沃尔夫河港[①]的岸边被发现的。一个在河边散步的男子说曾看见巴克利穿着衣服在河里仰泳，其间一直哼着《洛塔全部的爱》。男子当时并未感觉异常，巴克利当时显得很平静，他的歌声飘荡于水面上，清澈干净，如不含杂质的水晶。

阿朗并未受邀参加巴克利在美国的葬礼。

5月30日，他首次拨打了火柴盒上"娜塔莎"留下的电话号码：你好，1995年我们曾在巴塔克兰剧院见过面……

那天夜里，她刚在法国国际广播电台里听到杰夫·巴克利的《那么真实》，很是享受。她不明白……我真的在那场演唱会结束后对你说过他不久会死去？

也许她也完全忘记了。那天凌晨时分，在蒙马特高地的一条小巷子里，她坐在坑坑洼洼的路面上，向他袒露了一件在心中积压已久的大事。

两人此后一直保持联系，直到2002年。角色始终没有

① 沃尔夫河，位于美国田纳西州西部、密西西比州北部的一条冲积河。

变。阿朗总是在不停地发牢骚，“娜塔莎”总是一言不发地听着。演出商一听人提MP3就难受得胃疼，但不管他们承不承认，现场音乐会并未受到网络盗版的威胁，只是现在的人似乎都染上了一种病——喜欢宅在家里，这才导致演唱会门庭冷落。之前是这样：你们就待在家里，我们会给你们配送比萨饼、鞋子和小说。现在变成了：回家吧，你们只有在家里才是安全的。整个过程就像一场阴谋，人们因此被禁足，晚上只能待在家中。

阿朗已经过了五十六岁生日，和一群三十来岁的年轻人同桌吃饭时，他感觉就像在祖父母家用餐一样：这些年轻人喋喋不休，激烈讨论着各自的装修心得，如何辨别浴室里的真假水泥块，如何挑选到可以让茶几光可鉴人的吊灯，等等。年轻人居然如此热衷于“居家”，这让阿朗很是郁闷。

新的时代来了，他也许是最后知后觉的人。闲谈时，大家喜欢套用“大厨”的词汇，什么“培根”“蘑菇丁”之类的。也许不久后，在演唱会上不仅能闻到烟草味，还能闻到培根芝士三明治味。

疯狂的宅家风潮也传染给了恋爱中的人们。如果说以前的他害怕自己无法满足伴侣的各种疯狂想法，现在他更害怕她们如家装设计师一般挑剔的眼光。他追求过一个三十来岁的女子，有一次请她到家中做客，女子盯着墙上一幅用图钉钉着的画，那是涅槃乐队[①]的某场演唱会的海

① 涅槃乐队，美国摇滚乐队，被视为历史上最具影响力的另类摇滚乐队之一，在主唱科特·柯本去世后解散。

报。她要跟他讨论音乐？才不是呢！她只是推荐他去一家装裱店把这幅画裱起来。阿朗说了一声“谢谢”，他绝不会把科特·柯本裱在画框里。几天后，女子发来一条短信，宣告结束两人刚刚开始的恋情。阿朗一度觉得就是那些图钉惹的祸。

就像和“娜塔莎”第一次见面时一样，他一直牢骚不断：自己的活越来越少了，那些有名气的歌星带着整个团队和经纪人离开了他，至于那些不怎么出名的乐队，他们根本就没钱请舞台监督，都是音效工程师在负责管理杂务。音乐会策划人也一样，偏爱双人合唱，因为看起来高级又不贵。歌手也是，只愿意花钱聘请那些能够玩转几种乐器的乐手，理由也一样，高级又不贵。

庆幸的是，欧莱雅还会找他帮忙筹划一些“庆典”和研讨会。商人与歌手不太一样，和商人打交道更顺利，只是太无聊了，但是……

“你确实成了一个婊子。这一点我也有先见之明。”

“娜塔莎”回了一句。挂断电话之前，她告诉他自己正和“某人”交往。阿朗不知道有没有听错，她好像说了一声“再见”。

*

阿朗打开了窗。外面雨停了。手机屏幕显示收到一条短信。发件人是他侄女：我女儿不久就要出生，不知道该取什么名，虽然你推荐的名字可能有些过时，但是……

他的手指下意识地在键盘上敲下了这个名字：娜塔莎。为什么不叫娜塔莎呢？

侄女很快回了几个表情。第一个是笑出眼泪的表情，第二个是双目圆睁，第三个是呕吐的绿脸。

你没开玩笑吧，就推荐这么个名字？某部烂片里女主角的名字？一个婊子的名字？

他看着浴室镜子里的自己，一个年迈的少年，一个被过去抛弃的孤儿。他曾和她一起坐在那家弥漫着烟草味的餐厅里，在一张纸上记下女孩的名字。那个刚刚认识的女孩把身份证摆在桌面上，他却并未随手拿起来查证。

今天的“娜塔莎”应该四十八岁了。1995 年 2 月的某个晚上，她曾独自一人来到巴塔克兰剧院，踢了保安一脚。到了屋内，灯光下的她却又无比柔和。他与她相知不深，她完美地隐藏了自己的真实姓名。

1984 年，“娜塔莎”约十三岁，曾想申请伽拉忒亚基金会的奖学金。

5

重新打开记忆的盒子是一件奇怪的事。在人们心中，记忆如一件引人感慨的旧物，但随之而来的伤痛也尖锐而沉重。

直至今日，拉腊还是极少提起克莱奥。这个名字带来的回忆有着粗硬的外壳，无法转化为忧伤的甜蜜。克莱奥是过去的一面镜子，上面映射着自己的过失。但怎么会这样呢？那时，拉腊才二十岁。

*

1998 年秋天，她正好二十岁，是社会学系大学二年级的一名学生，自嘲“公认的没什么文化”。她刚过完暑假，身上带着一种无忧无虑和不屑于化妆的轻松。按照父亲的说法，自己女儿高中和大学成绩不错，是因为有小时候的文化储备。童年期间，父母带她看了不少形形色色的画展和演出：五岁时，她在罗丹博物馆的花园里玩捉迷藏；八岁时，她蜷睡在巴黎城市剧院的灰色座椅上。

母亲是某杂志戏剧评论栏目的撰稿人。那本杂志的封面颜色明亮，厚得可以在上面放一个滚烫的茶壶。

她儿时的文化储备不仅体现在艺术上，还体现在政治上：父亲的办公桌上摆着一张照片，1981 年 5 月 10 日，巴士底狱，三岁的她骑在父亲的肩膀上。

大学期间，她和人合租了一年公寓，租金由父母负担。她在一家茶吧兼职，工资用于填补额外的开销。她尽量减少自己的支出，只办了一张克里斯蒂娜影视俱乐部的会员卡，书是从图书馆借的，身上的衣服都在巴尔贝斯大道的盖里佐尔旧衣店里买。

刚进大学时，看到随处可见的社团广告，她很是兴奋，借机参加了一次法国学生全国联盟①的聚会。可是过程超级无聊，充斥着内斗和政客那一套。

十二月的时候，她接触了一帮人，他们正准备成立一个新社团，虽然还没想好名字，但她很感兴趣，因为这个社团“不搞政治”，甚至憎恶“政治”。社团的文章被贴在巴黎各处：大树上，大楼墙面上……行文完全不像那些政党的文章，大胆泼辣，谴责工会组织瞻前顾后，与资本家的谈判就像在“隔靴搔痒”，不够彻底。大家还致力于改善游行的路线，认为游行路线不应一成不变地从民族广场②到巴士底狱，而应具备一定的随意性。就在上周二，他们中的五十个人去了“美丽城”③的就业中心，为了帮一位五十来岁的男子讨回就业补贴。这位男子的申请因为“没有表现出足够的再就业意愿”而被退回了。他们声称如果就业中心不重新审核申请并发放补贴，他们就不离开。上周五，

① 法国学生全国联盟，简称法国学联，法国最大的学生联合会，成立于1907年。

② 民族广场，巴黎的著名大广场之一，大革命时期国民公会在这里竖起了断头台。

③ “美丽城”，巴黎街区，治安不好，但交通便利，租金低廉，吸引了许多外来人员。

在事先毫不知情的情况下，拉腊在乐蓬马歇百货公司与其他社团成员会合。他们在商场里挑选了最好的苏格兰三文鱼、最贵的鱼子酱和几瓶名贵香槟，然后从背包里拿出一块桌布铺在地上，开始邀请顾客和保安共进晚餐。大堂经理脸上写满了震惊，他们随手递过去一张传单："你们有钱，我们有时间。"其他几个成员把装满食品的购物车推到商场门口："大家随便吃，马上就到圣诞节了。"

社团组织的活动势头正盛。一项民意调查的结果显示，63% 的法国人支持报纸上失业人群的"抱怨"，工薪阶层更是 100% 支持，毕竟谁也无法保证自己未来不会失业。

有人提出应增加年终奖的额度，劳动部部长玛蒂娜·奥贝里刚刚作出回应，给每个人多发 1.48 法郎的奖金。

佳节临近之际，南锡、卡昂、马赛、鲁昂、波尔多和布雷斯特各地就业中心的常驻站点都被人占领了。全国各行各业的人都行动起来，办公室职员、铁路工人、护士、被辞退的教师和干部，还有小部分农民，他们都参加了学生组织的集会。如果说活动的初衷是为了争取应得的补贴，那么现在的意义已经远不止于此。不时有人站出来，说出了被当作"非就业人员"的耻辱，被问起"你做什么"时哑口无言的羞愧。

拉腊醒来时常觉得浑身没劲：晚上的聚会经常要到午夜才结束，早上的集会又常常定在六点，可她十点还要去茶吧兼职。

卡奈尔茶吧的同事一直悄悄关注着她的行动，帮她留着《巴黎人报》。他们社团的活动还登上过《巴黎人报》的头版，那次活动的标语是“想要一份能填饱肚子的烂工作”，有人认为这是在宣扬无政府主义。

卡奈尔茶吧所处的街道就在讷伊桥地铁站附近。这里是金色的国度，来来往往的女行人几乎都披着一头金发，身边的小狗也是一身金色软毛。街道两边多是银行和公司大楼，耸立的外墙也是一派金碧辉煌。

茶吧的经理德尔菲娜正对着店员训话：我们店里的常客可不是什么无名之辈，他们都是旁边影视工作室的艺术家。说起老客户，她如数家珍：马洛里和阿斯特丽曾出演《在阳光下》，最爱普罗旺斯口味的水果馅饼；娅妮斯是弗朗索瓦·费尔德曼的女和声，喜欢在茶里加红糖，再配上巧克力馅饼。

德尔菲娜的脸上写满了对他们的崇拜，她注视着自己长长的米色指甲，仿佛在担心它们被磨花。这使她看起来有些稚气未脱，楚楚动人。她的任务是要让“卡奈尔更具特色”，为此，她用更具艺术特色的墙纸装饰了洗手间的墙面，还计划为这里的女员工定制一套新工作服：酒红色短裙，腰部系上黑色的塔夫绸蝴蝶结，上身一件黑色长袖运动衬衫。

拉腊怒吼道：我才不愿意像美国电影里的服务员一样，穿着制服讨好老板，再帮他实现做强做大的美梦。店里还有另外三个女服务员，其中两个是与她年纪相若的大学生，另一个是刚满四十岁的克里斯泰勒。她们都辩解道：这样也好，不至于弄脏自己的衣服。拉腊坚持说这是原则问题：

我们出卖的是时间，不是身体。久经世事的克里斯泰勒回道：不就是件衣服吗？没什么大不了的，拉腊，你不妥协的话就会被开除，德尔菲娜做得出这种事，这对她来说也是原则问题。拉腊听后哑然。

茶吧的工作也有好处，员工可以把当天没卖完的馅饼带回家。轮到拉腊负责收银时，朋友们可以来这里免费吃顿午餐。相比在 Agnès B.①店里做店员或去美术学院做模特，这份工作还算过得去。如果没有这次制服事件的话。

“原价是 20 法郎，现在只要 10.5 法郎。您还需要别的吗？”虽然她嘴上不承认，但每次说出这些话，她都有种孩子般的兴奋。现在她是个成年人了，别人也愿意相信她作为服务员的能力。

她喜欢在这里工作，喜欢依次在餐桌上摆放杯垫、茶托、茶杯，喜欢看着打烊后空空的大厅，看着倒过来放在桌上的椅子，闻着空气中肉桂和豆蔻的香味。夜里十一点一刻，她喜欢和来自泰米尔的洗碗工和巴基斯坦的厨师坐在一起，享用当天剩下的美食。

在这里工作了十余天后，她学会了如何分辨演员和音乐人。演员一般说话声音比较大，因为白天都耗在片场等待串戏，来到茶吧自然精力充沛。音乐人不同，他们一般不喜欢被人认出来。

每周五，店里会为马尔科芭蕾舞团的舞者预留一张大

---

① Agnès B.，译为阿涅斯B或亚妮斯比，由法国简约派设计师阿涅斯·托鲁布雷创立的同名时尚品牌。

桌子，他们经常出现在各类电视节目中。拉腊觉得他们看起来就像流浪汉，个个像患了贫血一样脸色苍白，眼圈乌青，裹着厚厚的毛衣，小腿纤细，下身一条运动长裤，上面耷拉着一件超大号套头衫，脖子上还裹着围巾，走路时拖着脚，只有昂起的头——还有总是伸长的脖子——掩盖着他们身上的疲惫。

一个叫埃里克的男舞者给她留了电话。他似乎很随意，并不担心可能发生什么意外：如果你愿意，我们可以约时间再见面，然后做爱。

这是一个令人愉快的时刻。男子肌肉结实，皮肤光滑干净，没有任何异味，毕竟作为舞者得一直排练，每天要洗三次澡。重新穿好衣服，两人之间话并不多，坐下来一起喝了一杯茶，吃了一块蛋糕，互诉了一些烦心事。他说得找人照看他的猫，她说在找室友，之前的室友莉丝回美国去了。他说自己恰好认识一个在找房子的女舞者。

过程极其简单。拉腊给那个女孩打电话，第二天女孩就来看房子了。她拿着一个文件袋，里面有她的收入清单。拉腊并未看那些资料，突然要像德尔菲娜那样评估另一个与自己年纪相仿的女孩的经济实力，这让她有些尴尬。为了表示诚意，女孩谈起了自己的履历，说上过电视节目，参加过德吕克、萨巴蒂耶等人主持的……拉腊笑着打断她：她不怎么看娱乐节目，但这没什么，有时我们无法选择自己的工作。

“克莱奥？是‘克莱奥帕特’的简称？还是为了致敬阿涅斯·瓦尔达的电影《五到七时的克莱奥》？”女孩支支吾

吾，说自己没看过那部电影。

走廊的墙上有一些海报，用图钉钉在墙上。克莱奥停了下来。

失业是灾难，工作有成就

我们不想要掉下来的面包屑，我们要整个面包店

工作之于生活，如同石油之于海轮

她看得很仔细，就像在研究陌生城市的地铁线路一样。不过从她眼神中，还是能看到些许困惑。拉腊不免觉得发窘。这些是她最喜欢的口号，面对克莱奥，她只能耐心讲解一番。克莱奥说了声抱歉，她对政治一无所知。

你最近没听说各地的就业中心被人占领的事？没听过乐蓬马歇百货公司的抢货事件？今晚，在朱西厄广场有个主题为“快乐的失业者”的集会，感兴趣的话，你可以去看看。我们说话可不像那些政客，后者老催着他们投票，而一旦想通过投票改变点什么，又不让他们投票了。克莱奥礼貌地点了点头，拿走了房子的备用钥匙，说两天后搬过来。

每天早上去上舞蹈课之前，克莱奥都会洗干净她的杯子，擦干后放回架子上。洗澡时，她会轻轻关上浴室的门，离开公寓时也轻手轻脚。公寓电话里没有给她的留言，她也不用留言机给别人留话。如果不是挂在晾衣架上的练功服和连裤袜，还有浴室里的一抹香樟味，房子里好像就没有她这个人。她会在公寓吃饭吗？应该不。冰箱里的食物

都是之前拉腊放的，动都没动，洗碗池里也干干净净的，没有留下任何急匆匆切奶酪的痕迹。周五和周六两天，拉腊要到很晚才会听到钥匙开锁的声音。其他晚上，克莱奥一般都待在房间里。有时拉腊去敲门：有几个朋友过来了，你要一起喝点什么吗？克莱奥盘腿坐在床上，像个高中生一样拿着本书，很有礼貌地婉拒：谢谢，我还是想继续看书。

拉腊在餐厅桌上留了一张纸条：**可以的话，我们今晚一起吃饭**。再去看时，下面多了几个字：抱歉，我要练到很晚……

社团的朋友还有父母都很惊讶，他们居然从未见过她的室友。拉腊只能叹息一声：千万不要和舞者合租，这个女孩超级无聊，只关注自己的脚痛，要么就是听着惠特尼·休斯敦的歌扭个不停，除此之外，她好像对什么都提不起兴趣。

两周就这么静悄悄地过去了。拉腊心里只有一个念头：半夜冲进克莱奥的房间，打破这令人别扭的平静，大声告诉对方——这里不是酒店，合租不能这样，拜拜。

周五和周六中午，克莱奥会来卡奈尔用午餐，一直是拉腊为她服务。但就算在茶吧，两人之间也很难有什么共同语言。看到自己点的馅饼没有记账，克莱奥跑去提醒拉腊。经理德尔菲娜当时就在不远处。拉腊只好试着小声告诉她：她故意没记账。当天晚上，克莱奥敲响了她房间的门：我不喜欢亏欠任何人，该付多少钱就多少钱，像别人一样。

为了一小块西葫芦馅饼和一杯可乐，至于这样吗？没必要反应如此激烈吧？每天茶吧的收入可不少，你不用担心少这么点钱。德尔菲娜总高喊着喜欢艺术，给舞者送些甜点也算理所当然吧！

克莱奥听后头摇得如拨浪鼓：不，我不喜欢被优待，什么样的优待都不喜欢。

下次结账时，拉腊把账单送到克莱奥面前，上面放了一块咸黄油焦糖：你不会连这个也拒绝吧？克莱奥满脸通红，血色一直蔓延到脖颈，如清晨的阳光。

两人的合租生活总算开始趋于正常。克莱奥会把打电话找拉腊的人记下来，拉腊不会碰餐柜里的袋装咸味闲趣饼干：克莱奥的晚餐总是吃得很晚，又咸又不健康。

克莱奥体弱多病，有些日子好像非常难受，一整天待在自己房间，不吃东西，也不去排练。拉腊会关心地问一句：来月经了吗？不顺心？我说错话惹你不高兴了？克莱奥一直摇头：明天就好了。

母亲问拉腊：克莱奥跳的是什么舞种，古典舞、现代舞还是当代舞？拉腊说不知道，母亲很震惊：你没问过她吗？和一个艺术家生活在同一屋檐下应该很有趣啊。拉腊随后提起克莱奥说过的娱乐节目。母亲听后有些失望：原来她不是**真正的**舞蹈家啊？拉腊补了一句：这肯定就是一份临时工作啦。这样的谎话，就像是有人硬说自己是哲学学士，或者在履历上把自己的年龄写得年轻点。

十二月的某个周六，晚上八点半，拉腊独自在公寓发呆。无聊间，她抓起遥控器，打开了电视。小时候，她每周三看动漫《阿尔巴托》，周六看《香榭丽舍》。

节目片头是一连串的击鼓声，接着屏幕上逐一展示当晚嘉宾的面孔。随后，场景突然切换到特罗卡德罗宫殿，一群舞者，在舞台上旋转跳跃，就是每周五来茶吧的那群舞者。主持人米歇尔·德吕克戴着黑色领结，上衣口袋里插着红色方巾，语气轻快，一字一句地宣布接下来的精彩节目。他装出惊愕的表情，仿佛事先并不知情：今夜真是好戏不断，让我们有请马尔科的芭蕾舞者给大家带来精彩的表演。

拉腊在荧幕上找到了克莱奥，她在舞台后面，靠左边的地方。一开始，拉腊差点儿没认出她：克莱奥满脸微笑，与起伏的胸膛对比鲜明。她侧着脸，椭圆形的脸庞让她看起来宛若十八世纪画作中的女孩，一个把自己打扮成大人模样的高贵而甜美的女孩。她穿着一件点缀着亮片的黑色胸罩和一条皮革超短裙。

闲聊时，拉腊问克莱奥：如何评价一个舞者的水平，是看动作准确性、身体柔韧性，还是神情是否优雅？看着电视，她有了答案：是那种引人注意的能力。好的舞者应该能吸引所有人的目光。此刻完全被吸引了的拉腊，梦想着自己也能成为舞台上的克莱奥，那么灵活，那么富有动感，那么准确，那么令人心动。

节目尾声，字幕后面是克莱奥的大腿画面。她穿着黑色的莱卡紧身袜，紧紧抱着另一名金发女舞者，两人有着同样的朱唇和笑颜，还有长长的假睫毛。镜头在两位舞者间犹豫了片刻，最后落在克莱奥身上。她全身闪闪发光，胸部、大腿和小蛮腰依次出现在金黄光晕的特写镜头里。每周六晚上，整个法国都在看特写镜头中的克莱奥。

一月的某个周一，拉腊很晚才回到公寓，她刚刚结束一场激烈的游行。克莱奥在厨房坐着，面前摆着一杯茶：《法国新闻》报道说游行队伍最后与警察发生了冲突，你的朋友们都没事吧？你还好吧？

拉腊走了一天，脚踝痛得厉害，眼睛也因为警察扔的催泪瓦斯而感到极度不适。此刻的她根本没心思理会这个没有多少政治觉悟的室友，因此回答得异常简单粗暴。克莱奥什么也没再问，起身去给她泡茶，走去取烧水壶时，匆忙间撞到了木椅子，样子很是狼狈。她找来一个塑料袋，往里面装满冰块，又在外面裹了一层布，然后把它敷在拉腊肿胀的脚踝周围。克莱奥穿着一件可爱的天蓝色睡衣，拉腊看到睡衣底下露出的骨节突出的脚，脚趾宛若鸟爪，是常年练舞的结果。脚里面有一百零七条韧带，每条都要练到。拉腊的脚很大，克莱奥用拇指顶在她的脚底足弓处，得用力按压才能缓解肌肉压力，如果没有痛感，就说明没有效果。拉腊笑了：你在生活中也这样做吗？

准备躺下时，克莱奥从半掩的房门探出头：是的，如果不痛，就说明还不够胆量，也就无法突破。

每周六晚上，拉腊都会坐在电视前看克莱奥跳舞。电视里的克莱奥与平时的她判若两人。克莱奥平时的隐忍低调仿佛是一个谎言，令拉腊感觉别扭。舞台上的克莱奥一边不停地扭动身体，一边含情脉脉地看着身边的歌手。一跨进公寓的门，她就变成了一个乏善可陈的女孩。

这样的克莱奥令拉腊找回了少女时代的那种矛盾心情：面对一个所有男生都喜欢的女孩，既迫切想和对方成为朋友，又有些不太信任对方。

十四岁时，她在老佛爷商场有幸体验了一次免费化妆。她到现在还记得当时那种严肃又有趣的快乐：她和化妆师在选正红、珊瑚红还是酒红色的口红上犹豫了很久。

那天回到家，父亲一看到她就大笑了起来：你怎么打扮得像个蠢女孩?

有段时间，她很迷凡妮莎·帕拉迪丝[1]，还收集过她的海报。父母一度很沮丧，觉得自己女儿**品味差**。

大学里，大家会嘲笑那些穿着高跟鞋、走路摇摇晃晃的女孩。拉腊总是穿着黑色长裤、深色卫衣和运动鞋。他们社团曾编发过一篇文章，鼓吹中性穿着，批判过度女性化的打扮。克莱奥读完后很是惊讶：中性打扮？你和那些女性朋友穿得和社团里的男性成员一样，可是怎么没有男

---

① 凡妮莎·帕拉迪丝（1972—　），法国女演员、歌手，十四岁时凭借神曲《的士情缘》而红遍欧洲。

生穿得和女生一样？你们鼓吹的根本不是中性打扮，而是男性化打扮。难道因为有乳房就低人一等吗？

克莱奥的打扮总是变来变去，一会儿偏男性，一会儿偏女性。周六晚上，她在浴室里对着镜子卸妆时就穿着背心和短裤，胳膊上的肱三头肌清晰可见，手腕处青筋凸起。卸下了脸上的浓妆，她的笑和眼神似乎也不再那么诱人了。第二天醒来，她眼角处的藏青色珍珠眼影还依稀可见。

一个周日，克莱奥叫拉腊帮忙，她想把头发染成红色。拉腊戴上乳胶手套，用刷子把散发着刺鼻氨水味的染发剂抹到她的头发上。克莱奥后仰着头，眼睛紧闭着，头发垂了下来，整个人看起来就像一只猫，又像一个小男孩。

拉腊自诩有预知的天赋，但这只会给她带来焦虑。有一次回家吃饭，她按下门铃，高兴地喊着“妈妈，是我”，突然间，心里产生了一个念头，母亲要离开她了。

第一次和男生接吻时，她就预感到两人不会有什么好结果。还有一次，表妹的狗正蜷缩在拉腊怀里，她突然打了个寒战。不久，在这条狗信任的目光下，兽医给它注射了一针，终结了它的生命。

但初次遇到克莱奥时，拉腊并无任何特殊的感觉。她并未预想到三个月后，事情会变成这样。开始的几个星期，她一度因为室友如此难以接近而感到恼火。但突然，毫无征兆地，一切就不复如前了。

拉腊想跟所有的人说克莱奥的事，但不再是以前那样的抱怨，相反，她希望大家都能知道克莱奥，知道她有多好。

她会告诉他们，这些舞者平时都在电视娱乐节目中表演，得不到什么荣誉，也算不上是真正的艺术家，观众不会过多关注他们，也没有人专门撰文赞美他们。拉腊激动地对朋友们说：“克莱奥根本不在乎。马尔科所有的舞者其实都很棒。”听完她的话，朋友们面带疑惑，一个女友点评道：看来你很喜欢娱乐节目。

从什么时候开始，“克莱奥”这三个字总是出现在她的脑海里？一想到这个名字，她就觉得开心。

有人提到脚，拉腊会听成腿，然后头脑里浮现出克莱奥的黑色连裤袜。说到痛，她会想起香樟油、药膏、浴室，克莱奥，还是克莱奥。有人给她端来一杯泡好了的茶，她会想起克莱奥早上忘记把茶壶里的滤网拿出来了。游行时，看到前面的几个朋友举着标语牌，上面写着艾玛·高德曼①说的“如果我不能舞蹈，这就不是我的革命”，她想的还是克莱奥克莱奥……

三月，公寓里天天上演着一些简短有趣的事。每周六，拉腊都会在深夜等克莱奥回来，就像电影里的妻子，等丈夫回家了才能安心入睡。见到她，拉腊会赶忙迎上去，问她晚上的表演怎么样。舞步难吗？歌手是谁？好相处吗？德吕克呢，他今晚心情好吗？

克莱奥穿了条短裤坐在马桶上，皱着眉头，张开双腿，往手指上抹药膏，上面青了一块，是被舞伴抓到的。拉腊注意到了那个舞者！她剃了个光头，突然就把克莱奥举了起来！

那个剃光头的舞者非常熟悉后台，身份也比较特殊，可不会被贴着假睫毛的万人迷克莱奥给迷住。

两人盘腿坐在床上，拉腊仔细帮她梳着头发，上面沾满了发胶和亮片。克莱奥开始不耐烦了：你用力点梳，不然一晚上就耗在这上面了。周一晚上，经过周日的休息，克莱奥恢复不少，她把腿伸向拉腊：“帮我拉拉腿。”拉腊

---

① 艾玛·高德曼（1869—1940），美国无政府主义活动家、作家，在二十世纪前半叶北美与欧洲的无政府政治哲学发展中扮演了关键角色。

抓住她的脚踝慢慢往上抬。克莱奥的一只手撑在拉腊的肩膀上。凑近了看，克莱奥睫毛细细长长的，像个小女孩。

最后，该来的总算来了。那天，房间的窗户半开着，凉风习习，家里的一切仿佛都沉睡了，整个小区也都屏住了呼吸。空中没了飞机的噪声，楼下的街边酒吧也静悄悄的，没人进出，没人高声说话。听不到公共汽车的声音，听不到警报声，连冰箱的“嗡嗡”声也消失了，到处一片寂静。拉腊俯卧在床上，克莱奥跨坐在她大腿上，帮她按摩肩部。拉腊闭着眼，脑海中浮现出一系列画面：克莱奥把手放在她肩胛骨上；克莱奥的手移到了腰部，又移到了腋窝处。拉腊如处云端，在心里看着当下的每一个细节。克莱奥正准备起身，拉腊突然转过身来，两人就这样面对面贴在一起，脚趾碰着脚趾，掌心对着掌心，胸贴着胸，小腹抵着小腹。拉腊抱住了她……

拉腊低声说：这是第一次。克莱奥听后笑了：这样最好。拉腊问：这对你来说很平常吗？你有过很多次？和哪个女孩？那个染了头发的梅拉妮？

拉腊的脸贴在克莱奥小腹的凹陷处，说了一句：你的生活就像一部丑剧。克莱奥没有回话，这更加重了这句话的力量。但她能说些什么呢？这些年来，她是如何对待自己身体的呢？

克莱奥的大腿布满了淤青和抓痕。拉腊用食指轻轻抚摸着她的脚底，一点儿都不光滑，有很厚的老茧。大腿上有一股药膏味，股四头肌很结实，微微隆起……

克莱奥动身去排练前，会给拉腊端去一杯茶，提前给她买好她喜欢的黑麦蜂蜜面包。茶吧工作结束后，克莱奥会给她按摩脚，看着她模仿德尔菲娜笑个不停。去看电影或展览时，如果拉腊让她选，她总会说："你来定，我都可以。"

此时的克莱奥刚满二十七岁，比拉腊大了七岁，但她更像一个小女孩。拉腊叫她"小猫咪"时，她会忍不住"扑哧"一笑。她喜欢和人打一些很幼稚的赌，比如敢不敢在面包店里点一份"裤裆拉链"[①]。有人问她接下来的暑假怎么安排，她会说"暑假还远着呢"。她把脱下来的衣服随手扔在一旁，房间里乱七八糟的，像小孩子的卧室一样。拉腊一边帮她收拾，一边低声数落，一不小心就被卷起来的毛巾或杂志绊倒。

社团里的伊凡同学对拉腊说：你的室友说"再见"时，听起来就像在说"快见"，还挺可爱的。拉腊听后很不高兴，骂了他一通。在她看来，嘲笑别人舌头不利索是某种阶级歧视。私下里，她会耐心纠正克莱奥的发音：应该说"再——见"；还有，不是"带来一杯咖啡"，而是"带回一杯咖啡"。

克莱奥曾隐约提起她来自东部郊区，拉腊趁机打听她家里的情况。克莱奥大笑起来：听到"郊区"两个字，你

① 在法语中，裤裆拉链（braguette）和长棍面包（barguette）的发音相近。

肯定会联想到高楼大厦或**毒贩**；林畔丰特奈的公租房很宽敞，户型通透，我母亲是巴黎一家服装店的售货员，父亲被裁员后好长一段时间没找到工作，现在在家乐福超市做仓管员。母亲工作很卖力：从她店里出来时，你手上一定会拿着一件衣服，尽管你并不想买。克莱奥常常自叹不如。

克莱奥翻了翻白眼，说道：可惜啊，老板贝尔纳·塔皮不在她床上。克莱奥的话明显带着一股火药味，拉腊听后心里觉得很不舒服。同样，她也不喜欢克莱奥站在客厅的镜子前，好像面对着一个敌人，出口痛骂道：**又懒又丑！**

一旦骂起人来，克莱奥会变得很粗鲁，如狂风骤雨，但她从不说马尔科的坏话：该死的摄影师，不提前打招呼就给了我胸部一个特写，幸亏马尔科在现场看着。还有法国电视一台的某个男主持人，那家伙看到女舞者就满口甜言蜜语，在电视台的食堂里到处说自己与哪个舞者睡了，还从 1 到 10 给她们打分。真想把他开膛破肚。好在马尔科已经盯上他了。

听到拉腊取笑她对“老板”的尊敬，克莱奥抗议道：他是师父，不是老板，而且我父母也很尊敬他。

“你从没和我说过这事啊”成了拉腊的口头禅：她想了解克莱奥的一切，希望两人的关系里没有什么阴影。克莱奥高考没考好，喜欢读犹太教的《摩西律法》，尊崇里面的哲学思想。她极度讨厌圣罗兰的“鸦片”香水。此前从未谈过什么正经恋爱。她不讨厌和男人做爱，只是觉得这事很无趣。她似乎并没有太多关于童年的记忆。在她看来，成为一名舞者就得知道如何在疼痛的边缘停下来，就像性高潮一样。她认同歌曲就是大众诗歌的观点，认为震撼人心的文字可以改变一个人。

有时候，拉腊觉得克莱奥很聪明，但马上又会觉得并非如此：她比表现出来的要更复杂。

马上要进入新学年了，拉腊一直犹豫不决：选社会学、英国文学还是历史学呢？她和克莱奥说过自己的困扰，说她确实没什么特别想学的东西。现在最想要的就是克莱奥，想一直和她待在一起，生活在一起，融为一体。

一切都变了。看着街上的男人，拉腊没有任何想做爱的冲动。他们确实不错，像是温馨舒适的度假酒店，可在她心里，她已经把酒店的门关上了，并不想进去。

她问自己：这事怎么跟别人说呢？我喜欢上了我的室友？一次社团会议结束时，一个新加入的社员说大家就像“教士”一样刻板。为了让他闭嘴，拉腊终于说了出来：我的室友上过米歇尔·德吕克的节目，她有结实的腹肌，你会见到她的。四月的一个下午，克莱奥在他们的游行结束后来找她。咖啡馆里，拉腊当着众人的面，毫不掩饰地炫耀着自己的室友。她一边和他们说着话，一边用手指轻轻摸着克莱奥的脖子。朋友们的眼神躲躲闪闪，她却很是陶醉。

一个周五晚上，在准备晚餐时，克莱奥突然对她说：**我想跟你说件事**。说完，她停顿了一下，接着又说：也不是什么急事。最后，她改变了主意：今天有些累，我想早点睡，以后再说吧。

几天后，她们坐在“美丽城”最喜欢的一家餐厅里，克莱奥重复道：**我觉得有一件事必须告诉你**。

坏事？很坏很坏的事？拉腊调皮地问。但她又害怕起来，恐惧就像被突然放进热水里的水银温度计，指数疯狂攀升。她接下来会不会说，她和那个染了头发的舞者有过一段故事？

回到公寓，两人面对面坐在厨房里。拉腊想象着分手的场景，对方摊牌的时候没有抱着她：“很抱歉，但是……”

好吧。

我的父母并不是你口中的弱势群体。但在生活中，在工作中，一有机会他们就会死死抓住，就像抓住救命稻草一样。餐桌上的每次谈话几乎总是以“就这样吧”作为结束语。他们对我没什么要求，只希望我能平平安安的。

冬日里，克莱奥每周六下午会去林畔丰特奈的溜冰场，那里总放金·怀德[①]的歌，她就在歌声里不停转圈。男孩们

① 金·怀德（1960—　），英国史上最成功的女歌手之一。

喜欢跟在女孩后面，炫耀着自己的技术。女孩们看着他们，各自卖弄，希望引起他们的关注。到了春天，她周六会和女友们去克雷泰伊阳光城购物中心，流连于各个店铺，试试这个，试试那个，最后却什么也不买。有时候，她们会顺手偷些小东西，相当容易。

日子就这么过去，平淡无奇，仿佛永无终止。只有在斯坦老师的舞蹈课上，一切才变得有趣，在那里，她重新发现了自己。

二月的某一天，在 MJC 舞蹈中心，一个女子主动和她搭话。女子打扮精致，年纪和她妈妈差不多，可能还年轻些。克莱奥不愿提女子的名字，只说女子选中了她。为什么是她呢？也许因为她是班上最小的学员吧。

她没有理由不相信这世上存在一个伽拉忒亚基金会。为什么不可能呢？叫伽拉忒亚有什么问题吗？它能帮助那些最有才华的少女实现梦想。那个女子**教会了**她很多东西。克莱奥跟着她去巴黎玩，去高档餐厅吃饭，去逛古董店，逛娇兰专卖店，逛书店，看经典电影。母亲见过她，对她印象也很好。

拉腊打断了克莱奥：你在讲什么？你在讲自己的初恋吗？你爱上了一个年长的女人？当时你几岁？

克莱奥没有回答她。陆陆续续地，她又讲了几个零碎的场景，讲述的过程中，她显得很疲惫：一间散发着霉味的公寓，在巴黎十六区的某条街道上。在里面见了几个男人，基金会的评委，有四个还是五个，还有同等数量的小女孩。**午宴**时，女孩之间并无任何交流。零交流。她们彼此间是竞争关系。大家各施所长，只有最好的才能胜出。优胜者能得到什么呢？两三张大额纸币。公寓的走廊两边，还有几间卧室。

你当时几岁了？拉腊再次问她。

她们坐在客厅破旧的沙发里。时值五月，窗外夜色已黑，空中悬着一轮明月。克莱奥光着脚，膝盖抵在胸前，低头玩着自己的脚指头。

之前拉腊每次问起，克莱奥总说童年的记忆都模糊了，原来并非如此，那段记忆只是被她锁在了心里的某个抽屉里。现在，这个抽屉展示在拉腊面前，里面散落着不堪入目的东西，乱七八糟的词语，脏话，令人彻夜难眠的焦虑、羞愧。

那次之后，克莱奥开始整夜整夜地胃痛。其实胃并没有什么毛病。突然之间，一切变得毫无意义，她不知道如何开口说话。她当时没有说**不**，她同意了，可是具体同意了什么，她到现在还是不清楚。

你当时到底几岁？拉腊再次发问，喉咙里如有一团火在烧。

克莱奥摇了摇头："这不重要。"

克莱奥屈服了，就像拉腊鄙视的那样，员工无条件服从老板的命令。而且她还成了帮凶。初中时，同学们谈到将来要做什么，聊到最后总会加上这么一句：**别净想着做梦**。当时的克莱奥却鼓励她们去做梦。对于拉腊这样出身的人来说，有自己的梦想也许稀松平常，例如在舞蹈学校实习，去学网球，当翻译家，成为设计师，等等。

去过那里之后，那些女孩再也没有去学校操场找过克莱奥，仿佛她们都签下了某种保密协议。

最令她痛苦的，是没有人告诉她到底发生了什么。克莱奥是唯一去过那间公寓的人吗？还是说每个去过那里的女孩最后结局都和她一样？她几乎可以把其他女孩都忘了，除了贝蒂，她完全忘不了这个女孩。

贝蒂的母亲缺钱，贝蒂也老说家里没钱。她自己设法打听到公寓的地址。但克莱奥没有阻止她前去。她见过贝蒂推销自己，夸耀得过的奖牌，给对方留下联系电话。克莱奥就在一旁听着，什么也没做。

克莱奥推开了拉腊的手，说自己不值得安慰。

克莱奥，告诉我，你当时到底几岁？拉腊又问。

两人躺在床上不再说话。克莱奥依偎在拉腊背上，很快就睡着了。

大多数见过她们的人都以为克莱奥的年纪比拉腊小。拉腊第一次看到克莱奥笑时，觉得她露出的牙齿就如小女孩的一般细密整齐。现在看来，这个女孩仿佛一直活在十三岁的年纪里，永远被困在了里面，走不出来。

现在，拉腊面对的是一个没有秘密的克莱奥。这种感觉，就像玩纸牌时，原本幻想着最后一张没翻开的牌是皇后，翻开来才发现只是张小牌。她自己本是受害者，后来又成了帮凶。

在这场屠戮游戏里，有多少人是同谋呢？MJC舞蹈中心的老师，他曾多次看到那个女子来找克莱奥，却从未问过她是谁。那么多医生给克莱奥看过病，却没有人问她是否有什么心事。克莱奥的父母从来没有对女儿带回家的礼物起过疑心。还有那个**午宴**期间为他们服务的女孩。还有哪些人？

拉腊想为儿时的克莱奥辩护，想让她感受到温暖和宽恕。

可是，她该如何辩护呢？克莱奥对其他女孩身上发生的事并非一无所知。她**选中**了那些女孩，说服她们前去，但并未告诉她们那里有危险。

而且，克莱奥还在继续保护她口中的“那个女人”，天真地认为她可能对公寓里发生的事毫不知情。

拉腊心里很乱。克莱奥之所以能成为一名受欢迎的舞者，是因为她懂得忍耐，不怕疼痛，技巧出色，能忠实完成别人要求她做的事，完美重现某个动作，表现某种情感。对于编舞师、导演和摄影师而言，她是一个优秀的执行者。

电视屏幕里的她，躲在厚厚的粉底和精致的微笑后面，认真地完成自己的工作。

平时都是拉腊决定看什么电影。现在这件事，拉腊也作出了决定：她要和一些女性朋友组建一个交流群，每周一次，找那些遭遇过性侵害的人出来发言，她认识一个女孩，对方是研究未成年人卖淫的……

话未说完，克莱奥急了：我不想你对其他人说这件事，我不是因为他们对我做的事而痛苦，而是因为我没做什么而痛苦。我自己并不是什么受害者。她摔门而去。不一会儿又回来了，温柔而迷惘：我想忘记。不，我想知道。

克莱奥陷入了恐惧，接着低声说出了两个字：贝蒂。

全法国的观众都在电视上见过克莱奥，荧屏上的她总是面带微笑，穿着性感的胸罩。她是一名逃犯，无法衡量自己所做之事的严重性，因为她还没意识到自己也深受其害。听完她的讲述，拉腊开始重新审视自己的女友。**现在**的克莱奥躺在那里，不再神秘，她就躺在面前，心完全敞开，愿意接受拉腊所有的询问。她们说的话越来越多，刚在一起时的那种醉人的朦胧感正慢慢散去。她们说的每句话里都隐藏着某些陷阱。拉腊向她吹嘘社团的成员关系亲密无间，克莱奥听后立刻关闭了自己的心：很显然，现在，拉腊不会再相信我了。

有个年轻的编舞师找到克莱奥，想与她合作，希望她能降低些薪酬。她拒绝了对方，话语里充满了苦涩：你是想说，我不是什么艺术家，身价本就不高吗？如果拉腊知道这件事，她会不会感觉惊讶？诸如此类清醒的痛苦，不经意间就会蹦出来。她小时候就遭遇了成年人的背叛，因此学会了孤独，长大后，她依然活在儿时的痛苦之中。

春天的一个傍晚，克莱奥刚结束外省的一场晚会表演，回家后看到拉腊和社团成员在厨房里开会，她也坐了下来。会议异常热闹，厨房里烟雾缭绕。结束时，大家总算总结出这么一段话："我们不应该分享工作，而应该分享快乐时光！我们不接受剥削，不接受痛苦！"

拉腊鼓动克莱奥，叫她也说说自己的日常工作，例如排练不给钱或给得很少，录节目录到凌晨却拿不到加班补贴，受人欺辱，面试竞争激烈，等等。克莱奥本就不善表达，拉腊非要她说，就像让一个害羞的小女孩当众朗诵诗歌一样。克莱奥想了想，开口道：演出是不能以时长算钱的；面试很残酷，确实这样；不是每个人都能成为舞者，舞蹈是一种追求卓越的艺术。

拉腊听完很不高兴：你不能只看自己，得往上看，从政治角度看。大家都认为拉腊说得有道理，一个新加入社团的小伙子也插嘴道：克莱奥，你总不能说你自己愿意这样吧？你喜欢在娱乐节目上表演？德吕克的节目真是乱得不行！对于这些事，难道你就没有质疑过吗？

没错，我是喜欢娱乐节目啊。而且……为什么在巴黎城市剧院的舞台上跳舞就比在电视娱乐节目上跳舞更受人尊敬？你们是根据什么标准来判定一场表演有没有档次的呢？就因为它有数百万的电视观众？马尔科让舞蹈变成了一种大众艺术，这有什么不好吗？

我和电视节目里的舞者是“身边的舞者”，伸手可及。马尔科的舞团里有一个亚洲来的女孩，两个阿拉伯女孩，还有一个黑人女孩，如果说我的身体还算是强壮的话，她们俩可以说是弱不禁风。那些像我一样最开始在 MJC 这样的舞蹈中心学舞的小孩，他们永远没有勇气登上歌剧院的舞台，但看到我后，也许会觉得这好像也不是那么难？

拉腊听完后表示同意：克莱奥说得有道理，电视上的有些演出还是不错的，不像新年晚会演出，只会找些穿着暴露的女孩。

那有什么问题吗？克莱奥转过头反问拉腊，因为她们没穿衣服？

拉腊还没来得及回答，另一个女孩反问道：克莱奥，你不会还想为这类女孩辩护吧？一大群舞女，戴着羽饰，穿着丁字裤，这种节目太低俗了，只能用来取悦那些令人失望的乡巴佬。他们也只能看看，意淫一下，实际上连舞女的一根头发丝都摸不到。这些女人伤害了女权主义！

大家都沉默了，用这种语言进行讨论，他们感到很惊讶。大家眼中的克莱奥，平时可不爱发表意见。此刻，她突然站起来，双腿略微张开，重新绑了绑马尾辫：好吧，那在你们看来，一场演出的好坏是通过观众的身份来判断的喽？“乡巴佬”？呵！我父母都是乡巴佬，我也是。

至于你口中的“这类女孩”，例如丽都夜总会的舞女，她们大多数学的都是古典舞，因为年纪太大而无法进入古典舞剧团。红磨坊里最流行的康康舞里有一个动作，从二十世纪初就开始流行了，现在大家依然在学。“这类女孩”并不是在做你们口中的“垃圾工作”。说到女权主义……为了得到别人的尊重，你们社团的女孩都把自己打扮得像个男人，可是我在德吕克的节目里，只需要打扮得像个女人。

另一个小伙子站了起来，他脚上只穿着袜子，脚尖点地，双臂举起成环状，摆出跳古典舞的样子绕着桌子转圈，对拉腊说：你来说几句吧，这讨论跑题了。

另一个女孩问克莱奥：你生气了？

没有，别担心，我脸皮厚着呢。

第二天早上，拉腊醒来后发现电话里有一条德尔菲娜昨晚的留言。

听完留言，拉腊对穿着睡衣喝茶的克莱奥低声抱怨起来：德尔菲娜要求所有服务员今天必须穿美式风格的制服。也许你会觉得这很好，昨天晚上，你可是长篇大论，一直在说镶钻的丁字裤多么颠覆传统……

你不喜欢我说出自己的想法，你不喜欢我的想法，你不喜欢我说话的方式。克莱奥边说边叹气，仿佛在自言自语。

你喜欢的是远处的我。昨晚，你也是从远处看我。

拉腊，你还记得那天吗？在咖啡店里，你对我说，社员们都很团结，整个游行过程中，大家都互相照看，确保每个人的安全。

可是昨晚，你没有帮我说话。

接下来的周一，拉腊收到了辞退信。德尔菲娜甚至没有胆量当面向她宣布。不过无所谓，反正她可以找其他活儿。克莱奥正准备参加马尔科的巡回舞团，接下来在外省有一系列演出。

分别期间，两人每天都会互通电话，通话内容简单而无聊。挂断电话的一刻，拉腊觉得很难受，像刚刚过完圣诞节的孩子。周末再见面时，拉腊会溜到克莱奥的床上，克莱奥立刻用舞者结实的大腿紧紧夹住她的腰，拉腊瞬间觉得无比安心，无比满足，就像一个失眠的病人，今晚总算可以快速入睡了。

拉腊决定与克莱奥分手时，说出的话如同公司的裁员公告。她原本担心，克莱奥听完后会暴跳如雷，可是没有。她只是说了一句：真有意思，我们刚在一起时，你像服务员，我像顾客。她没有再说什么，这话隐藏的意思，应该是说之后两人的角色发生了反转。交还公寓钥匙时，她好像并未受到分手的影响。拉腊告诉她，既然分手了，就不要再勉强住在一起，这也是一种成熟的表现。她听后点了点头。

不久后，拉腊在一本书里发现了一张小纸条。在一起时，克莱奥会到处给她留纸条，厨房餐桌上，枕头下，浴室的洗发水瓶子上……

她的字棱角分明：和你在一起，我学到了很多。

1999 年秋天，拉腊又见了她一次，她回来取一件卫衣，说是忘在房间里了。之后二十年里，她再无音讯。

*

拉腊把克莱奥写的所有纸条都保存在一本笔记本里，另外，她还保留了一份 1999 年 3 月《巴黎人报》头版上的一张游行照片，社团的口号出现在最显眼的位置：“我们反对的不是老人，而是让他们变老的东西。”

她经常连续几个星期不回邮件，想以此重新建立时间权，让这些突然蹦出的邮件不再显得太过霸道。例如这封邮件，发件人是 adrien@superbox.fr，里面说到了克莱奥，信的开头是这样写的：我知道我的妻子和您一度关系非常好……

原来，即将步入五十岁的克莱奥早已嫁给了一个名叫阿德里安的男子。有些事，如果不会让人觉得难受，那是因为别人不在乎。

6

当一个人不再需要日历时，上面通常一片空白，显得盛气凌人。退休后，克洛德还是习惯看日历，在上面写上当天的安排：下午两点去看医生；读《世界报》；买西红柿和奶酪。

还有，在每年的 11 月 19 日那天，她都会写下“给克莱奥发生日祝福”。可是今天，2019 年 11 月 19 日，这份祝福送不出去了，因为电脑坏了，屏幕上满是花花绿绿的格子。

她打电话向儿子尼科求助，儿子在电话里抱怨：妈，我可没退休，总不能你说一声电脑坏了，我就立马丢下工作跑过去吧，我晚上再来看看。

晚上，尼科和她说话时一脸疲惫，就像老师遇到了迟钝的学生，早已失去了耐心：我和你说过多少遍了，如果电脑出问题了，就不要乱动。儿子什么时候变得这么多疑了？活像一个被孩子骗了多次而怀疑一切的父亲。看着儿子疯狂地敲着键盘，克洛德只能保持沉默。

尼科眼睛没有离开屏幕，嘴里又开始念叨：有时间的话，你可以和其他老人一起去散散步，学学画，做做陶艺，甚至是做做保健操。

他经常会在母亲的厨房餐桌上放几本健康杂志，一些消磨时间的着色书，还有一瓶圣约翰草软胶囊，据说对抑郁症疗效卓著，而且不会让人上瘾。他担心她太过寂寞，可能会因此生病。可是克洛德根本就不需要这样的关心。也不知道从什么时候开始，儿子眼中不再有母亲，她成了一个虚幻的影子，一个喜欢做果酱的奶奶，喜欢逛超市的老太太，喜欢慢节奏的生活。

克洛德回忆起在迪亚芒特尔夜总会做服装师的日子，说那时可真忙啊，恨不得把一分钟掰成两分钟来用。儿子听后感到恼火：做了四十五年的女仆，已经够了吧，现在可以开始享受生活了。

女仆?

服装师不是什么女仆，这可是一门手艺活。她得清理、熨烫六十多个舞者的丁字裤，每天还得往上面喷洒消毒喷雾。只要三十秒钟，也就是换块布景的时间，她就可以修补好一条裤裆开裂的莱卡短裤，这对救场可有大用。

她还得充当临时的心理医生，有些舞者在上台前半小时突然不舒服了，开始喊“克——洛——德——”，她得一脸平静地赶到他们身边。

周围的人个个心灵手巧，和他们共事真是她最大的幸运：刺绣师，羽饰造型师，鞋匠……当然，还有她的那些女儿。

儿子耐心听她说着，这不禁令克洛德怀疑自己得了老年痴呆。应该是心理医生建议的：“在你母亲出现症状时，适当保持距离。”

与其这样，她更乐意看见儿子生气，更宁愿他在自己唠叨时马上喊：“妈，这些事，你之前都和我说过了！”这种反常的担心反而令她难受，让她更觉得自己软弱。在她心中，尼科还是那个胆小的孩子，会担心妈妈的衰老和死亡："你之前说过这事了。"

尼科又一次重启电脑，还是不行。算了，反正克洛德也不是**非得**看邮箱。

她指着日历：今天可是克莱奥的生日。她早就想好了，要发邮件祝她生日快乐。话语中隐约露出的坚持和期盼令她有些羞愧，仿佛这会破坏她退休生活的宁静。可是，上周克莱奥发来一封邮件，让她有些担心……

妈，你苦心维持的所谓友情只是建立在自己二十年前的愧疚之上。你还要耿耿于怀多久呢？儿子生气地质问她。话语里有温情和体贴，也掺着一丝圆滑。"当年你刚离婚，还带着一个孩子，想保住自己的工作，这再正常不过了。克莱奥当时要与夜总会对着干，这是她的事，你没什么好被她指责的。"

克洛德低声说道：其实，克莱奥从未指责过我。

尼科扫了一眼手机，原定的探望时间到了。上了年纪的母亲令他烦躁，浪费了他不少时间，他想快速结束这件事，便对克洛德说：那你就写一张贺卡给你的克莱奥吧。**就这么办吧！**

儿子走后，克洛德关上了门。客厅桌上的黑色电脑依然毫无动静。儿子老在自己面前说“退休”（retraite）[1]，有一天，她还专门查了查字典。

Retraite：1. 退休，指离开职业生活、停止职业活动的状态；2. 退休金，指退休人员可以获得的社会福利；3. 退隐，指某人自世俗的烦扰中抽身离开，以自省一段时间；4. 隐居地，指人们为了宁静、独处或避开他人而居住的场所，如“逃犯的藏身处”；5. 撤退，指一支军队因为无法守住阵地而后退。

看来，自己是在“后退”了。

镜子中的自己又哭又笑，一个固执的老妇人，曾是一百多个“女儿”的母亲，其中一个名叫克莱奥，她今天要过四十八岁生日。

① 法语中，retraite一词有退休、退休金、退隐、隐居地、撤退等意思。

下午五点，在一片嘈杂声中，她的女儿们准时来到化妆间。她们互相打闹，说着不同的语言，波兰语、俄语、英语，这也是她们区别于彼此的唯一标志。签到簿上，无论结婚与否，每个名字前面都写着“小姐”两个字。

年复一年，在她眼里，女孩们都差不多。她们每晚都会担心吊带断掉，哪怕只断过一次，好像这事一直在威胁着她们的宿命。

卸妆后，她们脸色苍白，像贫血病人。她们让克洛德帮忙穿高跟鞋，对着她做鬼脸，隐瞒脚踝的伤痛，因为害怕被替换。她们因服用阿片类止痛药而眼神迷离，嘴唇干裂。她们也会用可的松皮质激素类软膏，因为药物的副作用，脸颊呈紫红色。每周一，她们都会抱怨宿醉后不舒服。圣诞前夕，她们会送给她一盒冰糖栗子，然后在试衣时自己吃个不停。她们会在排练期间到处找用来束腰的毛料内衣，就像孩子担心丢了心爱的毛绒玩具般惊慌失措。在上台前，她们会戴上耳机，哼着与演出厅传来的音乐毫不相关的歌。她们会朝克洛德伸出双臂，让她帮忙穿上舞厅规定的铁制心形背心，上面装饰有蓝金相间的锦鸡羽毛。她们会吹嘘说自己什么都考虑好了，到多少岁就**绝对**不再跳舞了。她们会纠结某个小细节，例如身上的一个伤疤或一块胎记。克莱奥就有一块胎记，她会不厌其烦地往上面抹粉底。在来月经的前一天，她们会苦恼因为尿量增多而使腰围粗了一点。她们会在男朋友来看演出时心跳加速，试图通过某个细节让自己在众人之中脱颖而出，例如把帽子戴低一些。她们会和其他舞女打赌五十法郎，看谁敢在“性感小猫”的舞台上对着观众吐舌头，让演出变得更刺激。合同到期前最后一次登台时，看到同事上来拥抱安慰，她们会抬起头，将食指放在下眼睑上，以免眼泪弄花了眼线，尽管眼泪还是止不住流下来，在灯光下闪着玫瑰色的光芒。她们会为男朋友或住院的伙伴拍下排练的照片。她们永远不会说“艾滋病”这三个字。每周称重之前，她们会喝下一升半的水，因为降重降得太猛了。她们身上总有一股樟脑味和薄荷味，因为要长期贴药膏。有时候，别人喊破喉咙也找不到她们，最后克洛德发现她们盘腿坐在化妆间的灰色亚麻地毯上，满脸失落的样子，手上捏着一张医生的诊断书，写着病人得休息几个月。她们会因为未婚夫远在拉脱维亚而闷闷不乐，会因为男友要求她们**转行**而分手。她们会因为腿上出现红斑而担心，因此套上两条连裤袜，里面一条肉色的，外面再套上网眼裤。她们中有人连续十年每天只吃一顿饭，却会在说起某种巧克力蛋糕的做法时感到兴奋不已。她们在后台遇到技术人员时会马上用双手护住胸。新来的舞者不习惯宽大的头饰，走路时前面的羽毛总是碰到墙，发出烦人的“沙沙”声。法国籍舞者可以签长期工作合同。外籍舞者，如俄罗斯人、罗马尼亚人，则不得不辗转于欧洲各国的夜总会，总担心自己哪天被解雇或丢了居住证。

这些女孩都曾“幻想成为舞者”，在舞台上展示自己。

但她们的名字甚至不会出现在节目单上，节目单上只会写着这些数字：200 万颗玻璃钻石，200 公斤鸵鸟羽毛，5 公斤法国康康舞的衬裙，45 名技术人员。

在台上，每个女孩都挂着一模一样的微笑，按照严格的等级制度站队。最下面的一排是“裸体模特”，然后是“着装舞者”，她们中间是等级最高的领舞，领舞的中间还有星光熠熠的明星舞者。

女孩们身披红色或金色的羽毛，呈扇形分几排展开。舞台底部斜放着两面镜子，映射出一排排乳白色的大长腿。

这些女孩每晚要排练一次，演出两场，分别到晚上九点和晚上十一点半。每周工作六天，没有十三薪，没有节假日，没有调休。这样算下来，她们一周要工作五十个小时，但她们的工资还不如夜总会里高档餐厅的服务员高。只有在圣诞节、新年和五一国际劳动节，她们才有双倍工资。压轴表演时，她们穿着红、蓝、白三色的系带紧身胸衣，下身是“沙沙”作响的衬裙，脚上蹬着高帮鞋，营造出法国大革命的氛围。

一下舞台，所有人都会把戏服扔在地上，衣服堆成了小山，等着服装师去处理。

返回化妆间时，她们手上拎着舞蹈鞋，呼吸急促，低声抱怨旁边的舞伴差点撞到自己，说到台上的某个失误时，大家都放声大笑。有人饥饿不堪，有人难受恶心，有人两者兼具。有人会上来紧紧地抱住她：“哦！克洛德，今晚你又救了我一次！”

克洛德听着脚步声越来越远，偶尔传来几声吐槽：洗澡水太冷了……沐浴露没了……谁有卫生棉条？

她双手抱着一堆掉了亮片或起毛的衣服，下到地下室二层，那里有几间工作室。修补衣服的工作台周围立着四盏长臂灯，沿墙放了一排活动衣架，按照优先等级排列，分别是胭脂红紧身束身长裙、珠饰连衣裙、中国双绉面纱、黑色手套，还有等待她检验的皇冠头饰。

标注好要修补的地方后，她走出工作室，小心翼翼地锁好门，就像关上自己孩子房间的门一样。

迪亚芒特尔的老板在接受记者采访时声称，夜总会的舞女就像F1赛车一样。如果想让赛车跑得更快，就得给它配备合适的团队，以最快的速度更换轮胎。

夜总会的所有工作人员，无论服装师、灯光师、音响师还是机械师，都得随时待命。一到这里，他们就得开始忙碌，细心准备，确保一切到位，不会因为任何突发事件而耽误演出。

现在，克洛德退休了，她很怀念以前那种充满挑战的氛围。演出期间，她要斜着身子，躲在一些临时化妆间里。里面非常逼仄，每场演出下来，她得在里面帮舞者换十次衣服。舞美总监负责计时，每两个场景之间只有四十五秒的时间换衣服。十个四十五秒，小小的化妆间里充斥着喘息声和汗味，兴奋的窃窃私语被舞台上提前录制好的音乐声淹没了。克洛德弯下腰帮舞者们脱下丁字裤，随后帮她们调整好胸罩。她得在对亮片过敏的女孩腋下抹上滑石粉，用湿布为满头是汗的女孩擦拭，为气喘吁吁的女孩递上一瓶水。一阵忙活下来，她觉得自己变得异常敏锐，什么问题都能发现：连裤袜的缝线不整齐，头上的皇冠歪了，假发的扣子松开了，羽饰坏了，肚脐处的水钻饰带松了，哪个舞者因为太累了而神经紧绷……

每当有新的舞者加入，克洛德都会问她这个问题：换衣服的时候，你喜欢背对我还是正对我?

她们听后都会睁大眼睛，因为很少有人会问这个问题。

有些女孩非常腼腆，面对面靠得太近时，她们甚至会紧张得忘记自己的名字。

有些女孩在私处被碰到时，会不由自主地绷紧小腹，克洛德一般会建议她们背对着她换衣服。

克洛德对这些高个子女孩的身体了如指掌：哪里会痛，哪个脚底有鸡眼，哪个有肌腱炎，哪个来月经了，每个人有什么习惯。有个女孩总喜欢把自己的保温杯放在架子的右侧，另一个喜欢在换衣服时喝一口可乐，为了保存里面的气体，她会用铝片盖住拉开的瓶口。这些“F1 赛车”都得接受她的检验，等着她亮起绿灯：你们可以上台了。去吧!

克洛德和克莱奥相识于1999年。一开始，克莱奥只是一串数字和颜色：身高173厘米，体重59公斤，三围87／60／86，28岁，棕红头发，褐色眼睛。这样的身材，对夜总会舞女来说不算出众，但管理层很欣赏她，因为她学得很快，需要她改变舞种时也从不抱怨。她以前经常在电视节目中演出，对这种要求司空见惯。

有一天，澳大利亚籍的领舞在排练时受伤了，不出意料，克莱奥被选中临时顶替她。下午五点开始学习新舞步，晚上八点就得上台表演。一周后，她晋升为“摇摆人”，这是一项荣耀，但也常常令人精疲力竭，意味着得学好几个拿手节目，随时准备替补上台。在克洛德眼中，“摇摆人”意味着麻烦，意味着要在最后一刻把原来那个女孩的服装改好，让替补的女孩能顺利穿上。这样的活儿需要“技巧”。她脖子上挂着一条软尺，嘴上抿着几个别针，头埋在装得满满当当的塑料盒子中间，翻找里面的布料和缝线，尺寸和颜色都得合适。受伤的澳大利亚女孩胳膊如芭蕾舞者一般纤细，克莱奥则不然，她的手臂肌肉发达。得找一件开襟短上衣给她，才能掩盖那隆起的肱三头肌。后来，一位名叫苏珊娜的舞女也受伤了，又是克莱奥做了替补，两者身高差了六厘米，克洛德不得不将一些长长的石榴红羽毛插在克莱奥头上，避免看上去身高差异太大。

演出开始前，克洛德忙着整理摆放在化妆间里的演出服。克莱奥正向新来的舞者传授经验：要想快速穿好连裤袜，就要先把裤子拉到腰处，再用丁字裤的皮筋固定住；哪些电影不容错过，而且一定要看原声版。她还主动提出帮一位南亚籍舞伴往背上抹粉底。一位二十岁的俄罗斯女孩在巴黎举目无亲，克莱奥主动给她留了电话。

有一次，克洛德雇的保姆生病了，克莱奥听到后甚至提出下午五点帮她去学校接尼科。这个女孩非常热心，就像儿子最爱看的动画片《唐老鸭》里那些圆滚滚的小鸭子。

善良可爱的小鸭子受到挑衅时，也会说出人意料的话。有一天，灯光师看到克莱奥发达的股四头肌在侧光下异常明显，便笑她肌肉太发达。克莱奥回了他一句：我可不是十二岁的小女孩，你要喜欢看那样的，就去别的地方吧。

克莱奥换装时喜欢背对着克洛德，说话时又会面对着她。她说自己野心不大，不想晋升为领舞，“摇摆人”的角色就很适合她：在别人有麻烦时顶上去。克洛德问她：会怀念在电视节目里跳舞的日子吗？也不怎么怀念，节目给的特写太多了，自己慢慢变成了一个公众人物，在大街上会突然被人搭话。而且，观众记住的，也许只是她那双腿吧。

两人一边试衣服，一边有一搭没一搭地聊着。克莱奥突然问她：昨天有没有看到某日报对她们演出的评论？那篇评论甚至没发表在“演出”专栏，而是在“娱乐”栏目里！全篇没有一句话提到舞女，也没有提到服装。唯一比较中听的，就是这句话：“如果有人喜欢热闹，那得去欣赏一下。”“演出”专栏里，有人写了一篇文章，恭维某位比利时编舞师的作品，说体现了“当代的残酷”。克莱奥看过那个芭蕾舞剧。如果说里面有什么“残酷”的东西，指的应该是编舞师对女舞者的要求。她们一丝不挂地蹲在地上，显得很难受。惨白的灯光照在她们身上，最细微的失误都会被放大。看完后，她觉得**这里**疼。克莱奥指了指自己的胸口。这么看来，如果观众来自中产阶级，那么即使是裸露的表演，也可以说具有“创新性”，而夜总会的裸体表演只能用来满足那些来巴黎猎奇的乡巴佬。这样的观点，纯属阶级歧视。

两人认识几周后，克莱奥才开始询问克洛德一些私人的问题：有没有男朋友？或者……女朋友？克莱奥觉得在舞蹈圈里，有女朋友并不容易。有人怀疑她在洗澡时偷看其他女孩，还有人暗示她之所以能当上“摇摆人”，是因为和女老板睡了。有些技师和她聊天时会说一些冒犯女舞者的话，尽管她很欣赏他们中的某些人。

和拉腊分手后，克莱奥一直单身。说起这个名字，她的声音会越来越低，最后变成一声叹息，身上好像有什么东西一下子熄灭了。

认识拉腊之前，她只是一个懵懂的女孩。拉腊闯进她的心里后，她原本认定的一些事情遭到了强烈的驳斥。克莱奥当时其实并不怎么习惯。后来，那些道理她都懂了，可是太迟了。“决裂”这个词太准确了：分手后，她真的是撕心裂肺。可那时的自己就像门前的一块脚垫，谁都可以踩上一脚，没有人愿意和这样的人在一起，更不用说拉腊那样的女子。

听到克莱奥这样贬低自己，克洛德很难受。这样的情绪在克莱奥离开后还持续了一阵子。

克莱奥来夜总会的三个月后，发生了一件事，老板要求来自英国利兹的女孩乔迪完成一个动作。那是《热铁皮屋顶上的猫》[①]中的一幕戏，观众会看到一个如猫咪般曼妙的身影，在舞台上方五米处的秋千上摇摆；随后，金色亮片如雨滴般洒落下来，女孩的样子慢慢显露，她穿着虎皮，身后拖着一条长长的尾巴，双腿夹着一束巨型吊灯。乔迪觉得这个动作不安全，要求装上威亚：她可不是杂技演员。管理层拒绝了她的请求，说不会有什么危险。

克莱奥知道这件事后很担心，克洛德想安慰她：要相信管理层，他们肯定也不希望出什么事。

克洛德，你在开玩笑吗？这事明摆着，他们早算好了账：灯光要改，服装要变，算下来得多花半天的费用。他们不想满足乔迪的要求，不就是为了省钱吗？

克莱奥督促她也表个态。克洛德在这里工作了二十多年，现在突然要站出来指责自己引以为傲的公司没有操守，她不免有些尴尬，于是随口搪塞了几句，说晚上会认真看一下那场表演。

① 《热铁皮屋顶上的猫》，根据美国剧作家田纳西·威廉斯创作的剧本改编的舞剧。

克洛德发现，芭蕾舞老师最近对克莱奥特别严厉，一点小问题都要指出来，例如下巴抬得太高，手放在胯部的位置太低……有传言说夜总会可能不会与克莱奥续约。克洛德劝她，叫她避免与管理层闹不愉快。

当时克莱奥正背对着她，光着上半身，只穿了一条红纱裙和一双运动袜。听完克洛德的话，她突然转过身：避免？就是说保持沉默？这就是你给的建议？这真是太棒了。难怪我们这儿的工会直到1995年还处于地下状态。现在，至少有六个舞女和我站在一起，我们支持乔迪的诉求。此外，一些技师正准备提交请愿书，克莱奥已经读过，准备将它分发给其他同事，当然，也会发给克洛德。

在夜总会里工作了二十五年，克洛德见过不少争吵和哭诉。最后的结果，总是某些服务员被“更换”了，或某些舞女被“辞退”了。夜总会每年的人员流动率超过30%。纷扰不断，她习惯与这些事情保持距离，等待最终的平静。在她看来，这些都是三楼老板的事。每年的复活节，老板会送她一些巧克力，还会关心她儿子的情况。但这一次，不满的声音越来越多。克莱奥不是唯一站出来的人，另一位裸体舞娘还把自己的工资单贴在了夜总会门口，控诉“表演时男孩人数不多，但工资都比她高”。一位布景师也在抱怨，说自己从未拿过年资奖。可怜的乔迪还是没能吊上威亚，她就那样在天上晃着，灯上的铁条在她的大腿内侧留下了深红的印记。每次演出结束后，她只能往上面抹厚厚的修复霜，自嘲说："小时候恐高，都不敢去爬山！"

克莱奥像是听进了克洛德的意见，她不再抱怨了，继续做一个称职的"摇摆人"，在各个舞种和造型间任意切换，今天是埃及舞娘，明天身披红、白、蓝三色服装，跳起了康康舞；这一场头上戴着花冠，下一场却戴着大礼帽。有的时候鞋子太小了，只能硬塞进去，有的时候时间太紧了，只能在最后一刻磨枪上阵。

1999年11月19日，克莱奥生日那天，克洛德送给她一件海军条纹衬衫当礼物。《唐老鸭》里的小鸭子就穿着这样的款式。

克莱奥一边谢她，一边“扑哧”笑出声来。刚走出工作间不久，她又敲门进来：对了，我差点忘了，这是请愿书，你也签一下吧。

这张薄薄的纸令克洛德很为难。就算在梦里，她也在为这事纠结。签上自己的名字，意味着可能职位不保，可是她还有孩子要养，有房租得交。签上自己的名字，也意味着她和“她的女儿们”将共同进退，可自己只是公司里的一个小职员，连首席服装师都不是，签了也毫无用处。

那段时间，她觉得异常疲惫。白天看东西看不清，穿针的时候得试两次才能穿进去。服装师这个职业，很少有人能做到六十岁以上，没了工作，日常生活都成问题，也不会再有机会和舞者们朝夕相处。想到这儿，克洛德内心一阵恐惧，慌乱得不行。左思右想，睡意逐渐笼罩了头脑，克莱奥被赶了出去。

克洛德每天在工作台边拟订单时，总能看到那张压在一沓账单和布料下面的请愿书，东西越积越多，最后那张纸只露出了白白的一角。

克莱奥经常来工作间。有时是找她帮忙扣上难扣的衣服，有时是找她改衣服，但从未主动提起请愿书之事。

圣诞节日益临近，克洛德开始担心“2000年问题”[①]，办公室的秘书老说这事。克莱奥年纪还轻，她们这一代人才属于这个越来越信息化的新时代。至于她自己，还是更喜欢把表格打印出来。马上要来的“千年虫”至少吞不掉打印好的纸张！

“手抬一下。”克莱奥背心上的搭扣太过锋利，克洛德想把它换成压扣。克莱奥听后毫无反应。

她重新穿好衣服，用指尖捏住那张白纸，把它从一堆亮闪闪的布料底下抽了出来，当着克洛德的面，平静地将请愿书折好，随后把它放进自己的运动包里。做完这一切，她朝门口走去。

出门前，她停了一下：克洛德，你说错了。你才完全属于这个新时代，而我不是。

① “2000年问题”，又称“千年虫问题”，指当时的计算机程序在日期上存在问题，可能因此导致一系列问题，从而引发银行瘫痪，核电站、核武器等的失控。

克莱奥没说错。世界末日不是2000年到来的前一天，而是在她说完那句话之后的第二天。当晚，演出照常进行，观众形形色色，有来自日本的商人、来自德国汉堡的游客，也有来自普瓦捷的夫妻。在他们看来，整场演出毫无异常，他们根本没有注意到《这就是巴黎》的演出阵容里少了三名舞女。这几个女孩曾在夜总会里分发请愿书，一大早就被解雇了。克莱奥的合同正好一月到期，公司决定不再与她续签。临走前，她没来和克洛德告别。接替她做“摇摆人”的，是一个二十岁的女孩，刚刚通过面试，满脸兴奋。女孩来到克洛德的工作室，一动不动地任由她测量身体各部位的尺寸，就连呼吸声也微弱得难以察觉。

2000年11月，克洛德寄了一张生日贺卡给克莱奥。写完祝福语，她本想再附上一句：告诉你一个好消息，有两名技师拿到了年资奖。几番思虑，最后还是放弃了。

2002年某天，丽都夜总会的一些舞者聚集在门口的人行道上，等候着观众入场。她们面前放着一块标语牌，控诉这里糟糕的工作环境。自夜总会成立至今，这样的事尚属首次。

2013年，疯马夜总会的舞女们连续两晚拒绝上台表演，借此表达她们的不满。

2014年4月的一个下午，迪亚芒特尔夜总会的八十名雇员在大厅集合，听老板介绍新来的经理。小伙子看起来很年轻，也很随和，毕业于伦敦的某所商学院。

他穿着一件天蓝色 Polo 衫和一条暗红色帆布长裤，脚上那双洁白的篮球鞋仿佛从未踩过地。他宣布以后不再使用“雇员”这个词，这个词听起来太居高临下了。从今以后，大家是一个团队。

他接着说，从现在开始，夜总会应该走出“舒适区”，节目应该更“富有活力”，节目的数量要增多，但时间要缩短，例如《法国大革命》这个节目，十五个女孩就够了，每人要多跳一点。对于危险性高的节目，以后会设立专门的奖金，公司也会考虑相关的危险。至于那些传统节目，可以继续保留，羽饰、亮片和布景也都会继续沿用，但优化必不可少。我们的目标，就是让夜总会的节目更**性感迷人**。

他多次提到“灵活”这个词：时间安排更灵活，新的劳动合同更灵活……因为艺术家不是公务员！他送给克洛德一本大大的笔记本，皮质的封面。克洛德既不敢在上面记录采购清单，也不敢用来记录其他工作安排。

某天早上，她受召来到舞厅三楼，和年轻经理的女助理谈话。对方也很年轻，穿着一件深色 T 恤，腋窝处已被除臭剂洗得发白。克洛德看到后差点忍不住给她推荐一款合适的洗涤剂。可对方正宣布，公司准备解除和她的劳动合同。她迷迷糊糊地听着，点了点头，神态迷惘，如同汽车后排行李箱盖板上的玩具狗。女孩说完后站了起来，两人一时间面面相觑，都不知道该说些什么或做些什么。自己是不是该说声“谢谢”？谢谢自己被辞退，或者互相道声“加油”，或者简单说一句“工作愉快”？

当天晚上，克洛德最后一次弯腰帮女孩们换演出服。她们中有些人第二天一早也接到了通知：夜总会将“改变艺术风格”，三个月后，公司将不再和她们续签劳动合同。

那年寄给克莱奥的生日贺卡看起来特别小，克洛德又在里面夹了半张 A4 纸。

自己之所以被解雇，应该是因为手上的病。她被诊断出患有多发性关节炎。夜总会要调整风格，首场演出异常重要，自己这双手当然帮不上忙了！

新时代到来之际，自己曾恭恭敬敬地把着敞开的大门。多年来，对于周围涌动的暗流，她一直假装无动于衷，现在，该来的一切还是来了，而且来得如此猛烈，更凸显了自己的可笑。这样的事情，1999 年就有人站出来抗议了，而自己直到 2014 年才敢对此感到愤恨。

被解雇后的第二天，克洛德又给克莱奥寄了一张卡片，上面只写了这几个字：对不起，克莱奥。克莱奥看到后可能会一头雾水。

收到回信已是三个月后。回信是克莱奥手写的，上面还有几处涂改，显得很幼稚，信的内容却带着某种说教意味，两者对比鲜明：如果你想求我原谅，首先我得有怨气呀！也许，选择遗忘会更好一些？克洛德，米兰·昆德拉在小说里写过这么一句话："没有什么将被原谅，但一切都将被遗忘。"不知道你有没有读过？

克莱奥居然建议她遗忘，可克洛德担心的，正是自己老忘事。自己的记忆力每天都会出点问题，要么是突然想不起某个词，要么是忘了钥匙放在哪里……

相反，一些久远的记忆反而常常浮现于脑海，而且异常清晰：小时候的夏日夜晚，父亲会把小克洛德高高举起，放在花园的矮墙上；夜黑如深井，她张开双手，看着月亮升起后的第一道光亮从指缝间滑过。

后来，克洛德还是决定发电子贺卡。写字很容易露馅，别人会发现她的手已不再灵活，而且抖得厉害。敲键盘就有足够的时间去打磨。多亏了电脑，克莱奥还能继续与曾经的服装师通信，她不会想到对方的手指已经变形。克洛德喜欢和这个急躁、热心肠、有着结实双腿的女孩通信，她在克莱奥身上看到了自己的懦弱。

两人都住在巴黎，只隔了几条街，就这样一直保持着联系。克莱奥后来嫁人了……嫁给了一个男人。她结婚时写信告知克洛德，里面写了这么一句话："这叫什么事啊！"

后来，她有了女儿。她告诉克洛德，女儿在十来岁时就开始抨击她在迪亚芒特尔夜总会的经历，说那里的表演"重现了父权制社会的规范"。写到这里，克莱奥在后面加了一连串省略号。如果真像我女儿说的那样，克洛德，那么你和我的所作所为，也许在不知不觉中伤害了万千女性。

两人曾数次说起要见面，最后都不了了之。

*

今天，又到了克莱奥的生日，自相遇以来，四十八岁的克莱奥将第一次收不到克洛德的电子贺卡。

第二天，电脑总算修好了，可收件箱居然被清空了。

她在心中给自己的“小鸭子”写了这么一段话：电脑自作主张地把我们的**历史**一次性删除了，这难道不是最好的生日礼物吗？一切重新开始。

7

姓：* 如果您不想回答此问题，请跳至下一个问题。

名：* 如果您不想回答此问题，请跳至下一个问题。

安东坐在电脑前，鼠标在网页上滑来滑去，犹豫不决。

您认为您的证词对我们有哪些帮助？

鼠标在网页上移来移去，像称重器的指针，无法给出一个精准的数值，让安东能够下定决心。收件箱里有一封姑姑发来的邮件，标题为“星期三？”。

*

直到不久前，安东还是只有在家人生日、圣诞节或复活节时才会见到她。姑姑臀部宽大，有着古铜色的皮肤，不爱涂脂抹粉。这一点与家里的其他女人不一样，她们上上下下都会打扮一番，眉毛要修理，胸罩要有塑形效果，每个人的T恤都在乳房处高高隆起。姑姑的身材天然丰满。每次家庭聚会她都来，但从不参与家长里短的闲谈。她显得比孩子更像孩子，安东有时有种错觉，好像她偷走了他的年龄。家里人特别重视人生的成就，在他们眼中，安东是其中的佼佼者；而姑姑引人注意的地方，恰是她没有什么成就：没有生小孩，饮食无节制，不爱做头发，更没有什么职业规划。她曾在花店里卖过花，在宠物诊所做过秘书，还参加过心理学和社会科学的函授课程培训。几份工作最后总是莫名其妙地结束了，不知道是她自己主动放弃的，还是老板厌倦了她经常迟到早退，因为她“特别容易生病”，什么细菌感染、病毒感染、腰痛之类的，不胜枚举。

安东还是孩子时，家里每年八月会在某处滨湖寓所团聚一周。一到那儿，姑姑就抢走汽车钥匙，然后一整天不见踪影，直到晚饭时间才回来：一进门，她就直奔冰箱，切上一片面包，拒绝和大家一起共进晚餐。她往面包片上抹满黄油，手端着盘子回到自己房间。安东半夜起来上厕所时，会看到她蜷缩在沙发里看书，脚边放着一壶茶。当时的他正慢慢告别童年，姑姑却仿佛依然游荡于少年和青年之间。

七年前，四十岁的姑姑告诉我们她找到了“那个人”！大家对她重燃希望。如果她能和那个叫“罗班”的男子快马加鞭，也许还有一点怀孕机会。可是后来，大家见她肚子一直没什么动静，便交口称赞罗班的自我牺牲：一个不能生孩子的女人，收入也不高，还“不爱打扮”，他还对她不离不弃，这就是真爱了。

罗班对此不以为然：说到孩子嘛，我是教育专员，在学校里每天都能见到。他为自己的伴侣感到骄傲，她可是

“脸书”[1]上巴黎大区动物保护协会的志愿者和负责人，总是不厌其烦地为大家答疑解惑。

姑姑平日里不修边幅，长裙上能看到明显的破洞，还有洗不掉的污渍。里面都有**故事**。所有家庭都有各种各样的故事，这些故事组成了生命的合唱。正因为这点点滴滴的沉淀，家庭的纽带才会更加紧密，这比亲属关系更牢靠。家人在一起时总会聊起哪天发生了什么，哪次发生了什么……

但维系安东家族的**故事**，大家都不愿提起。不是因为遗忘，其实大家都记得。他们都不愿轻易去触碰这个故事。提起的时候，总是有种令人尴尬的沉默。故事的主角正是姑姑，虽然在这个故事里，她的角色有些模糊，甚至被抹去了。

安东知道**故事**的开头和结尾：小时候，姑姑有着一头棕色的头发和一身古铜色的皮肤，在一家毫不起眼的 MJC 舞蹈中心学习古典舞，她参加过不少舞蹈比赛，拿过很多奖。十八岁的某天早晨，她突然向大家宣布：自己的舞蹈生涯，还有她四十多岁的未婚夫，这一切都结束了。在此之前，她的未婚夫每次都会盛装出席家里的节日聚会。如此剧变，即便在三十年后，家里人依旧觉得难以置信。

所有的努力就这样付诸云烟吗？彼时安东年纪尚小，出于好奇，他会偷偷地观察她，希望发现一些蛛丝马迹，

① 脸书（Facebook），由马克·扎克伯格创办的一款社交软件。

搞明白她为什么“就这样”不再跳舞了。此前，姑姑走路时会一直注意朝外打开双脚，她的手腕很细，胳膊却很圆润，走路时如行云流水一般。

这样窥视自己的姑姑显得有点猥琐。她的身材颇为丰满，常年穿着浅口衬衫和短裙。他在脑海里想象着姑姑换上芭蕾舞短裙的画面，这多少有些不堪。他当时年纪很小，但每次提到姑姑的名字时，总会模仿那些大人的样子，先叹一口气，仿佛不这样做就是对家庭的背弃。小时候的安东觉得姑姑太漂亮了。但同属一个家族，就意味着要服从家族的规则，秉承家族的传统。

直到 2019 年 10 月 13 日。

安东的生日宴对家里人来说可是件大事。他是他们眼里的“小王子”，大家都会来庆祝他的生日。他们会弄乱他的头发，仿佛不习惯那种浅黄色。他的母亲一直担心，儿子长大了以后，头发颜色会“变深”。庆幸的是，这事并未发生。每次生日宴，大家都会谈起第一次看到安东时的讶异：他这是从谁那里继承来的呢？肯定不是他父母，也不是叔伯，因为他们全身上下连眼睛都是褐色的！安东觉得，大家喜欢看着他，就像喜欢某部电影的某个场景，怎么看都不厌倦。这一年的十月，相亲相爱的一家人又聚在一起，庆祝他的十四岁生日。

奶奶和妈妈满面红光，忙个不停。她们不时往他盘子里放一块肉：给你，烤熟了，你喜欢这样的。安东一直说个不停，自己读了什么书，看了什么新闻，在初中都做了些什么。他说媒体报道了两件类似的事，时间相隔十年，但报道的方式大不相同。2005 年，一位退役的女网球运动员爆料，说自己在十四岁时曾遭四十多岁男教练性侵，当时的媒体根本不把这当回事。如果是今天，媒体会花好几个版面大肆宣传。例如最近站出来的那个三十多岁的女演员，控诉十二岁的时候被某个导演性侵了，之后他给了她第一个角色。有记者向那个导演求证此事，导演借口说自己当时被女孩深深吸引了。

历史老师说起“#MeToo”运动，认为这不仅仅是一次社会进步，更是一场革命。姐姐达菲娜听完后忍不住嘲笑安东对此事的热情：救命啊，我的弟弟是个女权主义者！

祖母摇了摇头：得上甜点了，大家**换个话题**吧。

突然，有个怯弱的声音冒了出来，恍若窗外的一阵细雨。是姑姑，她就像一个迷路的游客，转头问安东：抱歉，不过……怎样才能判定某件事是否属于“#MeToo”呢？有什么标准吗？

她问话的语气，仿佛安东就是这个领域的专家。那晚，她穿了一件藏青色羊毛衫，领口处露出了白衬衫的领子。她口中的“#MeToo”听起来像是“mitou”，一只小猫的名字。她侧着脸，脸上线条柔和，与单刀直入的问话风格极不相符。她用水汪汪的眼睛看着他，问题一个接一个：

如果导演说他当时爱上了那个女演员，这样还算Mitou吗？

如果他在对方的职业生涯中帮助了她呢，还可以算Mitou吗？

你们的老师是怎么看待这种事的？

你们初中生呢？

大家都愣住了，似乎等着安东**换个话题**。

危险的信号悄然而至，每个人都开始戒备。罗班伸出手，与姑姑十指相交。安东的父亲清了清嗓子，像要开口说点什么。堂姐出神地盯着桌布上的蜡渍。叔叔站了起来，走到窗边抽烟，仿佛晚宴已经结束了。

安东还没来得及回答，大家的声音又哄然而起。刚才的那一幕只是一个意外，就像蔚蓝天际偶然掠过的白翼小鸟。一切很快又恢复如前。

这些女人毫无廉耻……廉耻是很重要的……这事简直一团糟……现在人们把什么都搅在一起……那些**真正的受害者**，确实悲惨……那些关于性侵的控诉，有些听起来很滑稽……

各种声音逐渐平息。雨过天晴。

桌上的蜡烛一吹灭，罗班就看了看表，对家人的邀请表示感谢，说下次圣诞节再见。他对大家做了一个手势，随后把手伸向了安东。姑姑俯身拥抱安东时，他对她耳语道："以后。"以后再说吧。

生日蛋糕上厚厚的糖霜闪着挑衅的鲜红色，静静地躺在姑姑的餐盘里。

她啊，一直把自己当成公主，再好的东西她也不觉得好。打小就这样。她还不够胖吗？人们想起她小时候……

祖母语气忧伤，称赞起儿时的姑姑有多漂亮，这也预示着晚宴到了尾声。关于漂亮姑姑的许多趣事，安东不知听了多少次。不到十二岁，回头率就很高。周六晚上，家里冰箱空了，她去敲邻居家门，找对方要点心吃，那时她才九岁。有一次，母亲没交舞蹈培训费，姑姑便跑去老板办公室哭鼻子，最后说服对方送给她一个月的免费培训课程。贝蒂啊，胆子很大，诱惑力强。成年男子像苍蝇一样围着她转。她也知道自己想要什么……

十一岁时，为了存钱支付舞蹈特训费，她每周日早上五点半就起床去帮人打理菜园，天黑时对方给她结账。她还帮邻居照看婴儿。从不抱怨。

她要是不胡来，今天的她，也许就是另外一副模样了……

到了门口，祖母抱了抱安东：还好你争气，对我们来说，这总算是个安慰。

那天夜里，安东倒头便睡，直到被闹钟吵醒，才发觉已是第二天清晨。窗外是一排灰色的建筑，曙光从后面的一角天空射进房里。他起身刷牙，隔夜肉的余味与牙膏的薄荷味在嘴里混作一团。

餐桌上，他对父亲说他很高兴能引起姑姑的兴趣，也许哪天他得去拜访她。

父亲说自己有时很羡慕她，她活得像个孩子一样，不定闹钟，不用交税，这里干一段时间，那里做一段时间。她总是按照自己的心意活着，不用考虑后果。记得自己八岁的时候，作为姐姐的她说放学后会来接他回家，于是他一直在学校门卫处等。姐姐到的时候，已是两小时后了，手里还挽着她的未婚夫，对他说：抱歉，我没注意看时间……

能不能不要再用“未婚夫”这个词了？

虽然这句话是个问句，但姐姐达菲娜并没有在问问题。她不想知道那个**故事**的细节，因为觉得恶心。不过现在，安东已经是妇女问题的专家了，他自然有权了解这个故事。她猛地站起身，把杯子丢进洗碗槽，随后回到自己的房间里。

父亲叹了口气：我惹你姐姐生气了。

这件事情得放到那个年代去看。二十世纪八十年代，一个小女孩爱上一个成年男子，大家对这种事并不会感到大惊小怪。马克帮了贝蒂许多，甚至负责她的教育，帮她买衣服，买书……不是所有小女孩都有机会遇见一个有教养又体贴的“未婚夫”的。没有马克的帮助，没有那笔奖学金，她也许就没机会去参加欧洲安特卫普的舞蹈比赛了。没有他的担保，我们家也没法搬进那间大公寓。而且，少女时候的贝蒂可不是什么圣女，也不是什么乖乖女！她去波尔多戏剧院参加面试那天，发现去面试的女舞者多得排成了长队，于是她谎称内急，要先进去上厕所。一进去，她就赶忙穿好舞蹈服、连裤袜和舞蹈鞋，率先出现在编舞师面前，最后她被录取了。你没看她小时候是怎么扔垃圾的，真是一股脑儿什么都往垃圾桶里倒……她确实有点公主病。

安东来到姐姐的房门前，拉开一半往里看，发现她正盘腿坐在床上，膝盖上放着一台笔记本电脑。

安东，你怎么不仔细想想？爸爸八岁时，贝蒂十三岁，那家伙却有四十几岁。**未婚夫**？难怪他们说贝蒂有点疯狂。

可是……没准贝蒂当时爱上了马克啊？安东试着解释。

看吧，这就是我们家族的传统……大家都在**谈论**贝蒂，而不是和贝蒂**谈话**。你和我现在做的是一回事。你不如去看看她吧，达菲娜叹着气说。

安东以为敲开姑姑家的门后，就得回答她那些关于 Mitou 的问题。可开门的是罗班，他皱着眉头，坐在安东对面。得先过了他这一关才行。他们待在家里时，罗班的目光几乎从未离开过贝蒂，就像园丁害怕自己心爱的花朵遭受狂风摧残。

上一周，语文老师让学生评论凯尔泰斯·伊姆雷[1]在《寻踪者》中写的一段话。课堂上怨声载道：根本毫无头绪，里面说主人公为了寻找证据重返某座城市，可是寻找什么证据呢？

安东画出了下面这句话：

他一直在寻找人们对他隐瞒的事情，他并不关心眼前的事情。

通过搜索引擎，安东很快就找到了贝蒂的踪迹：她是唯一居住在林畔丰特奈且“男友”名叫罗班的动物权益协会志愿者。

她的网名叫“科佩利亚”，头像是一个穿着黑金相间舞蹈服的黑人女舞者。黑人女舞者名叫米斯蒂·科普兰，是美国芭蕾舞剧院[2]第一位非裔首席舞者。

贝蒂 - 科佩利亚在网络上有四千多个粉丝，每个似乎

① 凯尔泰斯·伊姆雷（1929—2016），匈牙利作家，2002年诺贝尔文学奖得主。

② 美国芭蕾舞剧院，世界六大芭蕾舞团之一。

都值得她共情。有些人丢了爱猫或爱狗后惊慌失措地在网络上发布求助信息，她在帖子下面会用一大串表情符号评论，或双手合十，祈祷他们早日找回宠物，或竖起大拇指，祝贺他们找回了爱宠。大家会不吝溢美之词，感谢她的好心，赞美她的效率：谢谢你，科佩利亚，多亏有你，我才找回了我的宝贝，你知道我有多爱它，只有你能懂我的痛。

科佩利亚会给丢失宠物的主人建议和安慰，提供解决方案，帮忙寻找，并一直鼓励他们。

在她的关注名单里，有其他志愿者和几名兽医，还有一位有名的理疗师。如果只是翻看她的主页，很难猜测她的年纪。平时参加家宴，她总是穿着领角挺括的衬衫。她开口说话时，有那么一小会儿，大家会装出认真倾听的样子，就像大人容忍小女孩上床前的絮叨。家里人提起她，总喜欢加上“原本”“要是”等字眼：贝蒂本该怎么样，贝蒂原本能怎么样，要是贝蒂没有……

罗班很快就回复了安东的邮件，尽管内容看来不太令人振奋：如果安东不嫌路远，可以在下午四点过来一起喝茶。

在贝蒂和罗班的家里，从窗边并不能看到远处的快铁轨道，但在风大的时候，客厅里会回荡着火车站方向传来的广播声，或通知班次延误，或通知事故。罗班对安东说了声“抱歉”，他要打几个电话，语气客气得仿佛巴黎公共交通上的广播员。

安东盘腿坐在沙发上，将近一个小时的时间里没有改变姿势，最后左腿都被自己的盆骨压麻了。其间，他一直担心自己的手机铃声响起，担心屋外传来什么嘈杂声，担心水龙头没关紧传来滴水声，担心任何可能打扰贝蒂的声音。姑姑一直说着，但并不是安东想要听的内容，但她一直在说。

她说自己虽然一夜无眠，但总算帮一只十二岁的流浪狗找到了一个家。人们一般不愿意收养年龄大的狗，它们寿命将尽，不可避免会带来悲伤的情绪。几年前，她和罗班收养过一条德国短毛老猎犬。一起散步时，每次都要拉一拉狗绳才能让它知道前面有障碍。成年人都觉得它“可怜”，说与其这样，不如让它安乐死。孩子们却非常喜欢它，说它有一双“漂亮透明的蓝眼睛”，其实瞎了的狗才会有这样的眼睛。

她说自己也像一条行动不便的老狗：一个肥胖的中年妇女，连头发都懒得打理。安东结结巴巴地回答说她并不老，也不胖，也不……姑姑笑着打断了他：这就是她真实的样子，而且这并没有令她不高兴。她喜欢这样，自己终于变老了。走在路上，男人们与她擦肩而过时都对她视若无睹。被人忽视并不意味着死亡，相反，这是一种重生，意味着再一次步入童年。这并非瞎说，是有证据的：她的身体恢复到儿时的状态，不再来月经了。

安东听后尴尬地低下了头。贝蒂没穿鞋，赤脚踩在厨房的方形地砖上，足背高高隆起，只有舞者的脚才这样，这也是她曾是舞者的证据。她的头发披散着，垂到近腰处，留下一连串灰褐色的旋涡和逗号。她笑着看他：你想知道什么？关于舞蹈？学习的事？安东几乎忘了，自己之前是找了这个借口来她家的。

女人很在意衰老，如同猎人蹲守猎物，任何蛛丝马迹都不愿错过。她们会时刻关注新长头发的颜色，会颤抖着说："我的发量变少了。"夏天，她们一刻也不愿待在太阳下，脸上总是涂满防晒霜，看到皮肤上的黑色素就像见到病毒一样。

安东的母亲和祖母都染了一头金发，只有姑姑是一头自然的大波浪，对比之下，她们重塑的形象反而黯然失色。

安东想了解的**故事**，由于姑姑的存在而变得难以靠近。对家族忠诚，意味着要接受一系列规则。也许我们会发现，无须刻意学习，我们便知道这些规则，便会去执行。

来的路上，在快铁车厢里，在贝蒂和罗班所住公寓楼的电梯里，安东在心里演练了很多遍，要对姑姑说这句话：你那些关于 Mitou 的问题，我有答案了。但他现在说不出来。

出门后，他转过头来，看到姑姑站在窗边对他挥手，如小女孩一般无所顾忌。

晚饭后，安东待在自己房间里，浏览着科佩利亚的主页。她新发了一张照片：在某超市停车场发现了一条毛发斑白的狗，它应该被汽车撞到了，左后爪朝内翻了起来。图片上配了很显眼的两个字：救命。他的姑姑离开了职场，逃离了争论，抛下了过去，躲开晚宴，唯一的踪迹就是在虚拟世界里，化身科佩利亚，守候着一言不发的动物。安东点开了她的头像，一个穿红色短裙的黑人女舞者。他心跳得厉害，仿佛要从嘴里蹦出来：科佩利亚，你可以和我做朋友吗？我们下周三再见面？

你是怎么找到我的？我用的是假名啊。姑姑为他开门时，饶有兴致地问安东。她双目清澈，门牙有点歪，看起来像一只可爱的土拨鼠。

安东带了一些糕点。他心中有个问题憋了许久，答案如何其实他并无兴趣，但总算鼓起勇气问了出来：那个助你事业腾飞的基金会还在吗？是否也发给过某些著名的女舞者？

罗班听到这儿，身子朝他倾了过来：你说什么？

姑姑说，她之前的成功与伽拉忒亚基金会毫无关系，她也没有获得过这个奖学金，说完后陷入了沉默。窗外飘来教堂的钟声、警笛声、快铁的轰隆声，还有楼上小孩的哭闹声，构成了一首城市交响曲。罗班看了看表。安东只好说他还有作业，得赶紧做完。他为自己的冒失懊恼不已。走出公寓后，他回过头，看到姑姑站在窗口朝他挥手，她穿了一件橙色衬衫，奶白色的领子，袖口绕着手腕飘动，像一只蝴蝶。

两周过去了，他才再次提出去拜访她，这次没有找任何借口。

每周三下午，他都会去他们家，三个人会在熟悉的街道逆向散步，周围有几家甜点铺，配着茶水一起卖。

姑姑给他讲关于抛弃的故事：她的工作就是为人和宠物制造相遇的机会，宠物也是人。她找人领养流浪动物，揭露虐待动物的行为，询问领养人的情况，找出他们身上的问题，也组织他们拼车。安东叹了口气，这样的故事真令人难过！姑姑回答说：有始有终的故事都不悲伤，不像那些停滞不前的故事，其中没有任何东西是清晰且确定的。

她并不觉得悲伤。安东说，学校里有一个摩洛哥籍的女生，她在罗马尼亚籍女生遭受种族攻击时居然没有挺身而出。他觉得这样的人太懦弱了。姑姑驳斥道：你自己有一头金发，应该不会有这方面的烦恼，不像你口中说到的那些人。

贝蒂很高兴不久就要和罗班去多姆山远足。毫无目的地行走，饿了就吃点超甜的面包，这是失败者才能享受的快乐和特权。她对此很自豪，可以活得没有规划，也不需要社会救济。

赢了一局“快艇骰子”游戏后，姑姑高兴得跳了起来，随后又装出谦虚的样子，坐下来短暂休息了一会儿。现在的她，看起来与儿时的那张老照片一样。

回到家，父亲问安东：怎么样，贝蒂还好吗？

他去找姐姐达菲娜，向她坦承还没找到“合适的机会”提起生日宴上的那些问题。她听后撇了撇嘴。

这个合适的机会，是姑姑敲定的。接下来的星期三，毫无征兆地，她在门口和他道别时突然说她有三件事情要对他说。

第一件事，她已经和他说过了，但还想再次强调：她的成功与伽拉忒亚基金会毫无关系。

第二件事，要在她的电脑上看。

至于第三件事，说到这儿，她握住了安东的手：如果你不想知道这事，不愿与家里人有**分歧**，她也可以理解。如果是这样，她就不给他看这个网页。

寻找证人

1984至1994年间，您的年龄介于十三岁至十五岁之间。一位女士曾和您搭话，邀请您申请“伽拉忒亚基金会”的奖学金。

经过一次初选后，您受邀参加一次午宴，与奖学金的评委面谈。

我们想听听您的故事。如果您愿意，请参与此次“伽拉忒亚事件”的证据收集活动。初次见面时间定于1月27日星期日（具体细节参见下文）。

点击下面的链接，您将进入一个网址，该网址不会记录您的IP地址，因此您将以匿名的方式回答问题。如果您不想回答某个问题，可以直接跳至下一个问题。

此外，无论过去了多久，无论涉及哪些人，无论情节如何，警方都希望所有了解伽拉忒亚基金会情况的人随时提供证据，具体请联系该电子邮箱地址：

temoignagegalatee-ocrteh@interieur.gouv.fr

您认为您的证词对我们有哪些帮助？

姓：* 如果您不想回答此问题，请跳至下一个问题。

名：* 如果您不想回答此问题，请跳至下一个问题。

贝蒂向他坦承，参加初选时，面对那些所谓的奖学金评委，她已经预感到了危险。当时她只有十二岁半，确信自己可以得到想要的东西，并躲开那些“不想要的东西”。不过，其间看到一个名叫马克的评委对她那么有兴趣，她也确实很受宠若惊。

心理医生总是要求患者把每个词都说清楚。贝蒂可不理会这一套。她永远不会告诉安东，那些“不想要的东西”是什么。这也是她的自由。

一路走过来，到处都是迷宫，最后贝蒂明白了，眼前只有两条路：一条是遗忘，一条是宽恕。

如果选择宽恕，宽恕谁呢？有那么多的同谋，有那么多人都做了坏事。有些人既冷酷又热心，例如卡蒂。

那个介绍人也是一个小女孩，甚至不能算是同谋，她只是一头困兽，内心充满了焦虑，疯狂地想找寻出口。

安东静静地听着她讲，没有问任何问题。到了最后，他才问了一句：你会为警方做证吗？

姑姑听完这个问题后失神了。她神秘，经常神游、逃跑。罗班看了看表，说时间差不多了，安东该回家了。

关于 Mitou 的问题，安东一直没有回答。可不知不觉之中，他开始有机会推翻之前的那个**故事**，不再强调这两个字。他有这个责任和义务。

家人和超市的顾客没什么不同，只知道往车篮子里塞东西，无论是中国制造的玩具，还是巴基斯坦生产的牛仔裤，大家根本不关心这些东西的制作条件如何。家庭，是习得和遗忘的结合体，只有学会遗忘，才能继续往篮子里填东西。

每个家庭都有一套独特的语言体系。有些词语会经常出现，但词义含糊，像一团雾，比如说**复杂的故事**。有些词语像黑夜一般沉重，与其说起，还不如**换个话题**。每个家庭也会用到一些中性词，一旦觉得某些词说出来太残忍，就会把它们丢入深渊，最后只留一个轮廓，例如**未婚夫**这样的词语。

虽然姑姑和他谈了，但家里的氛围并没有丝毫改变。餐桌上，安东坐在属于他这个年纪的座位上，嘴里咀嚼着家人递给他的食物，直至把它们嚼成糊状，耳朵里不再听到槽牙的摩擦声。

他思来想去，觉得整件事情显而易见：抹去这个**故事**是家人共同努力的结果，整个家庭都支持这么做。家里人总是担心贝蒂困在过去而止步不前，因此对她提出的问题敷衍了事。法国的芭蕾舞者享有盛誉，所有人都希望她能成为其中的一员，成为典范，这样就说明古典舞这门艺术具有社会包容性。因此，完全应该对此保持沉默。贝蒂的家人毫无远见，被这美好的愿景冲昏了头脑。她只能自己咬紧牙关，攥紧拳头，加倍努力，直到成年。

家里人就像数落某个广告一样埋怨贝蒂，投资时吹嘘收益巨大，实际收益却微乎其微。

晚饭后，安东把父亲和姐姐叫到自己的房间里，给他们念了那个寻找证人的公告，说如果贝蒂不回复，他会去回复。

把别人的过去占为己有，这样做合适吗？就因为你生日宴那天，她对当下的一个热点话题表示出兴趣？

你怎么会觉得，在你这样的年纪能评判你姑姑的状态？你觉得这样可以“帮助”她，可是你考虑过后果吗？对贝蒂来说，沉默也许就是一个避难所，也许她就想躲在里面进行自我反省呢？

你不要以为“帮助”了别人，自己就会迎来一片光明。她已经决定把自己锁在虚拟世界里，不经她同意就把所谓的光明带给她，这真是一个糟糕的想法。难道不能让我的姐姐安稳一点吗？

父亲低声说了很多，随后转身“砰”的一声关上了房门。

姐姐达菲娜坐在安东身边，握住了他的手。

＊

您认为您的证词对我们有哪些帮助?

鼠标在网页上移来移去，像称重器的指针，无法给出一个精准的数值，让安东能够下定决心。

* 如果您不想回答此问题，请跳至下一个问题。

8

因为在伽拉忒亚基金会一个“评委”的电脑里找到的一份文件，“伽拉忒亚事件”重见天日（参见我报9月19日和20日的报道）。文件里有四百多张小女孩的照片，她们都曾参与这个虚假奖学金的评选，时间可追溯至1984年。

鉴于事件涉及范围极广，我们决定发起此次证人征集活动，寻找那些与这个所谓的基金会接触过的女性。

为此，我们开设了一条电话专线，并专门注册了一个电子邮箱：temoignagegalatee−ocrteh@interieur.gouv.fr。当年的小女孩今天都已长大成人，她们的证词对于事件的后续调查至关重要。1990年和1992年，曾有两位受害者的父母向警局报案，但最后均因证据不足而不了了之。根据案卷中一位代号“0.2”的受害者讲述，该基金会在受害者中招募工作人员，其活动范围涉及巴黎东郊的多所初中。大部分的受害者出身于普通阶层或不健全的家庭，也许因为担心被人称作皮条客而名誉受损，她们都选择了沉默。

进行调查的同时，埃尔维尔－伊妮德制片公司准备就此制作一部纪录片，他们也在“脸书”上发起了同样的证人征集活动。

——《自由报》

克莱奥盘腿坐在床上，审视着黑暗中的自己，就像一个人跌倒后抚摸着自己身上的痛处。昨晚读的那篇文章并未在她梦里留下什么痕迹，她也没梦到过去的某个人或某个场景，例如让-马塞中学，儿时的市政广场，还有广场上的溜冰场，那里铺着灰色的石头，石头上长着毫无生气的杂草，在春天看起来如沼泽地一般。

黑夜空虚而漫长，与 1984 年的一样。电脑静静地躺在客厅的桌子上，像是在嘲讽她，屏幕张着嘴等待记录她炙热而微不足道的控诉。

不健全的家庭，支离破碎的家庭，普通阶层。

自己的错和所谓的社会阶层毫无关系，也根本没有其他的借口。

她打开临街的落地窗，想打破房子里的闷热与沉寂。对面有一个小广场，几个孩子在那儿溜冰，父母给他们戴上全套的保护装备：头盔、护肘、护膝。父母会给正值青春期的孩子配手机，追踪他们的轨迹，查看他们的网络账号。他们为自己采取的保护措施甚感自豪。可克莱奥知道，真正的危险是生活中父母根本不会注意到的那些盲点，例如卡蒂的甜言蜜语。除此之外，还有那些容易被人忽略的蛛丝马迹，那些暗藏着陷阱的诱人香味。

某个地方有一张克莱奥十三岁时的照片，属于伽拉忒亚基金会奖学金候选人被永久归档的资料。

这么多年过去了，事情发生的准确顺序早已被打乱。过往是一张模糊的照片，事情的脉络存在于一本蓝色封面的笔记本里，放在自己和丈夫的床底下，与一些旧的*ELLE*杂志堆在一起。

本子的十来页上写满了名字和日期，有些日期下面还特别画了线：玛若莉，4月12日周三下午2点，OK；桑德里娜，4月19日和26日周三下午2点，OK。

都是她选中的女孩。有人曾对她说：**你眼光不错……**

昨夜开始，她一直觉得口干舌燥，腹部时不时抽搐，心中仿佛坠入了一个硬块，痛苦蔓延至腰部。别再折磨我了。要审判就审判，要惩罚就惩罚吧！

多年来，每当走在路上，她总觉得会遇到基金会的某个评委，**一个对你的未来至关重要的人**。由于担心对方认出自己，她会改道，或转身往回走。

多年来，每当闻到某种香味或听到某个词，例如**性冷淡**、**鸦片**、**礼物**，她都会喉咙发干发紧。

多年来，在地铁里，在公交车里，在朋友的生日宴上，在商店里，在与学生家长交谈时，只要有人的目光偶尔停留在她身上，她就会觉得自己被人认出来了：**你以前是不是在让-马塞中学上学啊**？

她常常自言自语，说的话支离破碎，仿佛吱吱作响的旋转木马，只有自己能听懂，没人能令她停下来，没人能把她的话从头到尾梳理清楚，也没有人心平气和地分析这些事实。宽恕她或审判她吧，至少能给这个**故事**画上一个句号。

这个**故事**是扎入她肉里的一根刺，这么多年过去了，周围的肉已经重新弥合，呈现出粉红色，坚硬且富有弹性。这根刺已不再是异物，它属于她的身体，牢牢地长在肌肉纤维之间，只不过在时间的摧残下变得更容易断裂。

多亏了丈夫和女儿，克莱奥才有现在安稳的生活，对此，她心存感激。与他们一起，生活如丝缎，经纬线灵巧地交织、融合在一起，变得闪亮而柔滑。克莱奥孜孜不倦地工作，努力让家庭生活更加平滑，只有这样，才能慢慢地摘除肉里断裂的刺段。一直如此。

阳光侵入室内，房间里一片惨白，电脑屏幕随之模糊起来。窗外，花园里的白杨树轻摇着树叶，发出“沙沙”声，仿佛有人揉搓着薄薄的纸张。十一月了，秋天却迟迟不来，白天温暖的潮气能一直残留至晚间。阳台上的花萎靡不振，蜷缩了起来。丈夫和女儿常责备她像个孩子：不是给花浇太多水就是浇太少水；家里的植物，厨房柜子里的香料，不是烂了就是过期了。

他们是同一个阵营的，知道如何培育植物。两人戴着粉色的橡胶手套，修剪枝叶，拔除杂草。她跟在后面，清理阳台上的垃圾，打趣说自己是他们的用人。他们知道的许多事，她都记不住，例如哪个月可以种大丽菊，怎么制作无黄油调味酱，剪刀放在厨房的哪个抽屉里，什么时候买火车票最划算，《追忆似水年华》第一卷的书名是什么……露西和她爸爸之间的默契令她感动。夫妻两人的角色分工不同，丈夫是家里的荣耀，有了他，才能吃到扇贝，才有繁花似锦的阳台；她的荣耀，则存在于国家视听研究所的网站里，存在家中某个鞋盒装的录像带里。

她在这份属于自己的“荣耀”里小心翼翼地删除了一个章节，就像那些独裁者，把某个叛徒的身影从官方的照片中抹去。

女儿用手指着电视屏幕，首次从嘴里喊出了“妈妈”

二字。看完一遍不够，她叫嚷着还要看，那是1990至1999年间克莱奥在电视中露脸的合集。

依云矿泉水的广告，右边第二个出场的女舞者，穿着白色短裙，是**妈妈！**在巴黎一家咖啡馆举办的盖尔斯品牌推广会上，一位留着红色波波头的女舞者在桌子间旋转，是**妈妈！**《九十年代的明星》节目现场，继左边玛莲·法莫之后出场的第三名舞者，穿着黑色运动短裤，是**妈妈！**前奏一响起，女儿就开始跺脚，她对副歌部分已经滚瓜烂熟：**一切被击倒，扔在一边；我所有的理想，所有的语言，都被摧毁**。女儿总能认出她：戴着金色假发，穿着和服化妆成日本艺伎，拉直了头发且刘海遮住了眼睛，戴着超级女英雄面具，头发卷成棕色波浪，头上戴着神奇女侠的头饰，甚至她站在二十多位舞者之间，露西也能用手指着屏幕上的她——**你在那儿！**

克莱奥想象着自己对丈夫和女儿坦白的画面：**有些事我得告诉你们**。

听完她的讲述，他们会露出嫌弃的表情吗？就像他们发现她把一盘菜忘在了冰箱里，发臭了都不知道一样。

他们会先觉得惊讶，然后怀疑，最后露出厌恶的表情吗？他们会为那个十三岁的克莱奥辩解吗？

出于对卡蒂的绝对忠诚，三十多年过去了，她对那段过去只字不提。现在说出来，他们会怜悯她吗？

有些事我得告诉你们。

扮演受害者的角色对她来说太简单了。

洛朗丝，4 月 12 日周三下午 2 点，OK。纳塔莉，4 月 19 日、26 日下午 2 点，OK。

关于她们的午宴，关于她的午宴，她绝对不会提起。

手指昆虫你放松

他们的厌恶，她的耻辱。

她会解释给他们听，不找任何借口，不提什么**家庭不健全**，不说自己是为了尽可能保全自己，不说她做的事都是别人要求她做的。到底是别人要求她做的，还是别人建议她做的？**克莱奥，至少你同意了**。

十三岁六个月零八天大的克莱奥，成了伽拉忒亚基金会可靠的工作人员，周围挤满了求她办事的人。

《自由报》文章中提到的那个女孩，代号 0.2，也许就是当时求她的人之一，她应该还没有忘记克莱奥这个名字，怎么可能会忘记她呢？ 0.2 会接受采访，然后指出曾经的罪人：**你就是克莱奥！**

午宴时的那个波拉，“卡蒂不可或缺的助手”，也许是代号 0.1 ？也许在这个波拉之前，还有另一个波拉？和克莱奥一样，她们也把接触过的女孩的名字都记在了一个本子里。这个角色可以被无限复制，直至永远。

0.1，这个代号像是一个致命的毒株，也是一群无名之人中忧郁的皇后，她是最先被选中的女孩，是他们的宠妃，是一条传输链，是受害者也是罪人，是殉道者也是屠夫。这么多年演着独角戏。

你在那儿。那不是真的吧，妈妈？

*

一年级时，在“妈妈的职业”一栏里，露西很高兴地写下了“舞者”。这种小谎（女儿四岁时，克莱奥就不再跳舞了）让露西成了焦点：从三年级一直到六年级，经常有同学来家里参观，就像参观博物馆。次数多了，露西也就有些麻木了。每次同学来家里，她都会打开妈妈的衣橱：这几件舞蹈服是莱卡面料的，这件是练功服，那件有塑胶覆面，可以保持肌肉的温度。她抽出一件套着灰色布罩的裙子，上面绣着珍珠：这是拍完关于尼亚加拉的短片后，制片组送给我妈妈的。对于妈妈曾为之伴舞的歌手，她就谨慎多了，先剔除那些不怎么出名的歌手，例如波拉·阿卜杜尔，爱司基地组合。对于那些克莱奥未能通过试镜的明星舞台，露西也绝口不提：因为克莱奥的古典舞步不够好，安杰林·普雷祖卡[①]没有选她；普林斯[②]的经纪人觉得她太过“普通”，也没选她为“王子”的演唱会伴舞。露西向她的同学强调，台上一分钟，台下十年功，米歇尔·德吕克节目里的舞蹈只有三分钟，舞者们却需要为之付出许多小时的排练。

有一天，一个小女孩无意间在克莱奥的宣传册上看到

① 安杰林·普雷祖卡（1957—　），法国举足轻重的当代编舞家。

② 普林斯·罗杰·尼尔森（1958—2016），艺名王子，美国创作歌手、作曲家、演员。

一张 1999 年迪亚芒特尔夜总会的节目单，很是惊讶。其他女孩也满眼疑惑：夜总会的舞蹈跟电视上圣诞晚会的表演一样吗？

点心时间到了。克莱奥先给她们每人倒了一杯果汁，然后开始回答女孩们的问题。于她而言，在夜总会里跳舞意味着要熟悉多种舞蹈，前一场是华尔兹，接下来几场却可能是现代爵士。而且，舞女们并非裸体演出，不像电视晚会上看到的那样。虽然在她看来，光着身子跳舞其实也没什么丢人的。

朋友们一走，露西就哭着冲进自己房间，仿佛鉴宝师突然发现自己最喜欢的那幅画居然是赝品。

露西的小学老师主动找到克莱奥：我们难得有机会了解一位舞者妈妈的成长历程。**您是从几岁开始跳舞的**？

从几岁开始，您发现别人的关注可以让您摆脱平庸、加速冲向广阔的未来？从几岁开始，您产生了那种迫切想引起别人**关注**的想法呢？

您是从几岁开始跳舞的？

于她而言，最重要的事情是重新开始。

十四岁那年，**那件事之后**，克莱奥改头换面，进了一所新的中学，加入了巴黎一家新的舞蹈培训机构，远离了MJC。她**还算**幸运，自此成了舞蹈班里拔尖的学员；自此，她以工匠的心态，投身于舞蹈，钻研自己的舞步，不再关心什么荣誉、头衔或奖励。

她推掉了法国电视三台的一次邀约，对方准备做一期讲述三名舞蹈学员学舞经历的节目。这一度令父母极其恼火。年终表演时，她谎称自己肌肉拉伤，又推掉一次独舞的机会。对她而言，放弃这些机会其实并没有什么损失，相反，每一次放弃都令她变得更加纯粹。空虚能够令她更加平静，如同早起时喝下的冰水，顺着食道流入体内，沿途留下一片冰凉。

内心的独白也慢慢缓和下来，最后像奄奄一息的灯泡，只发出一点微弱的光。那段时间，少女克莱奥以为一切可以重新开始，可以像其他女生一样过上平凡的高中生活。

她与约纳兹之间有过一段甜蜜的争吵：克莱奥，你怎么能说让－雅克·戈德曼是诗人呢？在安息日那天，她还与他的家人一起共进烛光晚餐，她和塞尔日、达奴塔围坐桌旁，他们的话，如在眼前徐徐展开的美景，如含义微妙的诗句：**不能宽恕，那就遗忘**。

克莱奥的母亲坚信一件事，那些“体面人”都有一口整齐漂亮的牙齿，他们绝对不会保留什么消费单据。她错了：他们最擅长的，是快速丧失对那些无用之事的兴趣。约纳兹会把他不喜欢的那些 CD 和 T 恤都扔进一个大抽屉，她也难逃此命运，因为她和它们有一个共同点——已不能引起他的兴趣。

他爱过她，曾对她言听计从。可就因为那一次，她表现出了与他的不合，他就把她给打发了。那时的她才刚满十六岁。学校的走廊，长方形的操场，仿佛到处都布满了陷阱，散发出一股令她窒息的气味，因为班上的一个女孩发现了她的一些**过往**。这也许是偶然，也许她真的**知道**。

一个勾引老男人的婊子。

自己怎么会幻想这一切可以改变呢？怎么可能如此轻易改变呢？克莱奥原本以为，只要每周给祖父母打一通电话，偶尔去看望班里生病的女同学，按时上交自己的作业，就什么事都没有了。

债还没还清。伽拉忒亚的账，还没清算呢。

离开约纳兹后，克莱奥掉进了一个黑洞。内心的独白再次占了上风：没有任何牺牲能够弥补，没有。这些话在克莱奥的每一条血管内奔腾、震荡，无休无止。

过去的时光不可逆转。任何宽恕都无法抹去已经发生的一切。

十九岁的克莱奥周旋于各种面试。有人说她太高了，有人说她太矮了，有人说她腿太粗，有人说她胸不够大，有人说她胸太大，有人说她古典舞步不扎实。这些挫折一度令她觉得安心，因为债还没偿完。

父母很担心，担心她连自己都养活不了。但克莱奥知道，**这是在还债**。

每周六晚上，母亲会在客厅的茶几上摆上餐碗，在里面装上花生仁、脆饼、红艳晶亮的鱼子酱和一块布里干酪。一家人挤在沙发里，等着《香榭丽舍》开播。母亲的衣服上沾着星星点点的面包屑，手指着屏幕上的一个女舞者：这个马尔科的芭蕾舞者跳得还不如你，克莱奥，你可别放弃希望。她坐在父亲与母亲之间，听着他们**懵懂无知**的话，心中又是温暖，又是苦楚，不禁翻了个白眼：真是胡说八道。

父亲点评着歌手的表演，偶尔用胳膊肘推一推女儿：看，你喜欢的戈德曼，**要是我去表演，可能比这些人还好，或者没准更差**。一旁的母亲大声"嘘"了一声，显得有些恼怒。电话响了，没有人去接。母亲一只手不经意地帮女儿扎着辫子。此时的克莱奥就像一个小女孩，极度渴望找到一个属于自己的港湾，被人保护，不必做任何人的备选。

机会终于来了。舞蹈中心贴了一张简短的招聘广告：“招现代爵士女舞者，身高介于一米六至一米七之间，拍摄电视广告和短片。”

莫加多尔剧院内空空荡荡，三个人坐在阴暗处窃窃私语，他们突然指了指她，把她从一堆女孩中叫了出来：“你，51号，个子高了点，但是很有活力，把你的照片留下。”

我没带照片。你怎么想的？没照片怎么面试？你觉得自己形象很出众，令人过目难忘？

克莱奥在巴黎东站附近小公园的草地上坐了许久，直到守门人过来叫她离开。广场地面是沙质的，布满了裂纹，散落着啤酒瓶盖和干透的狗屎。

那天晚上，她预约了别人推荐的摄影师，中间取消了一次，然后又约了回来。去拍摄之前，她在父亲床头柜的抽屉里偷了一片抗焦虑药，吞下了四分之一。

之后，要从拍出来的照片中挑选十张，她信任这个摄影师。照片里那个自信、精明、有气质、有眼光的女孩使她觉得透不过气来，她不喜欢，觉得她很丑，很**病态**。

玛莲·法莫发行了新专辑《幻灭的一代》，克莱奥被选中参加专辑的推广活动。她被安排站在歌手的左后方，这样看起来不会太高。

通过试镜后，她的第一个念头就是把这个消息告诉约纳兹，他听完后肯定会“扑哧”一笑。他看不起的流行乐刚刚认可了她，从今以后，她就是“专业舞者”了。

餐桌上，父母一直在谈论这件事。说演出的服装，说玛莲·法莫，提醒要设好明天早上五点的闹钟来看她的演出，说这期《电视周刊》的封面就是被舞者簇拥其中的玛莲·法莫。

编舞师告诉克莱奥一个小技巧：录制电视节目时，可以想象摄像机后面的观众里有自己最在意的那些人，这样就会有起舞的欲望。

在她的想象中，约纳兹和塞尔日就在这群观众的中心，至于卡蒂，她一直想把她的身影从中赶出去。

马尔科躯干结实，做端臂屈伸这个动作时，半敞开的外衣下会露出厚实的胸膛。他身上有股力量，能让克莱奥内心的独白平静下来，几乎不再发出声音，或只发出微弱的声音。

她曾在电话中对母亲说，马尔科本人比在电视上看起来还要矮。在波尔多戏剧院实习期间的气氛很糟，自己仿佛投身于一场永无休止的战役，得一直努力才能获得大牌编舞师的关注，继而进入他们的舞团。五十多名舞者挤在一个房间里，空气里都是黏腻的汗水味，镜子也蒙上了一层雾。更衣室里，舞者之间几乎不说话。

那晚上呢？你都做什么，闲逛？父亲问她。

晚上，她躺在自己的床上，一动不动，如同切断了电流的仪表盘，上面只有零星的指示灯闪烁，告诉她哪里疼痛。酸痛的感觉，她是清楚的。但她大腿上的肌肉会突然无意识地颤动，小腹会突然痉挛，扭成一团，迟迟不能松下来；膝盖上会出现莫名的淤青，就像在水泥地上摔过一样。

马尔科要求舞者扑向地面，想象“那里有你的敌人，得打倒他，或者有你的爱人，得重新征服他”。克莱奥在舞蹈服下套了两条紧身羊毛裤，用来保护自己。

重来，重来，重来……

走出练功房时，大家都觉得恶心，说自己都不知道身体在做什么，心中有个声音在疯狂地抗议，身体却置之不理，一直在“重来”。

实习第三天，马尔科突然喊“停”，关掉了音乐，手指了指克莱奥：你，后排长头发的那个女孩，到前面来。**你以为自己在海边玩吗？快点儿！重来**。

当着众人的面，没有背景音乐，克莱奥开始跳了起来。**跨步，跨步，侧身，定住**，得一动不动。她脑子一片空白，脚步开始凌乱，最后索性即兴发挥了。停下时，她的刘海贴在额头上，喉咙干渴如火烧。

看看，为什么非要按照我设计的舞步来？按自己的感觉跳，这不是好很多吗！

克莱奥不得不说了一声：对不起，我忘掉了一个还是两个连步。

马尔科抓住她的肩膀，让她面向大家：这就是我想要的人，这个女孩不算漂亮，技术也不算好，但她有胆量，即便忘掉了动作，仍能坚持跳下去。该死的即兴发挥！就得这样。

直到最后一天，他才问她叫什么名字：**克莱奥，你做得很好**。

简单的五个字，对她来说却犹如仙乐，自己的实习终于圆满结束。脚下的空气仿佛有了弹性，托着她往前走：我做得很好！我得到了马尔科的认可！大腿后侧的剧痛此刻似乎也不那么难受了。第二天早上，疼痛如旧，她只能服用止痛药，睡前又冰敷了一下。但这一切都是值得的，她做得很好。内心的独白也微弱下来，像装了弱音器的琴。

她签下了公司的试用合同。每天早上十一点到晚上七点，她要到公司练舞，马尔科看着她，双眉紧锁，时不时撇撇嘴说：你得燃烧起来！他像一把锋利的手术刀，剖开了克莱奥的肚子，给里面的东西来了个大清洗。那些她之前以为重要的东西，都得扔掉。还有，你别摆出这副苦大仇深的模样。克莱奥，你怎么想的？观众在工作结束后拖着疲惫之躯来到这里，难道就为了看些可有可无的小把戏吗？他们是花钱来看你表演的！你得对得起他们的钞票！没有人会关心你担心什么，害怕什么！等退休后再去想这些吧，那时，你有的是时间！

克莱奥向他倾诉自己的心声，自己的欲望，希望他能治好她。说完后一阵轻松。

马尔科告诉她要抓住不稳定性，那种“几乎要倒下”的感觉。他对连接的处理，如同玩游戏一样，充满了变数。一个动作刚刚开始，马上就被下一个动作打断。用力踢脚的同时，身体得完成多个旋转。克莱奥气喘吁吁：我做不到，速度太快了。他把动作仔细分解给她看：你可以的，我们可以的。

马尔科要求在动作不断加速的过程中突然停下，也许这就是他追求的晕眩感。

一个舞者的姐姐是研究神经学的专家，她对同伴们说，她们的兴奋和失眠都是化学反应的结果。如果大脑被迫满足一些相反的需求，一旦达到目的，那种快感就会令她们飘飘欲仙，实际上，这都是肾上腺素所致。

克莱奥的母亲来看过她排练，离开时双目含泪：我女儿是怎么忍下来的？有必要对她那样大呼小叫吗？这简直是把她当成一头牛来对待！

克莱奥满怀激情地投身于闹哄哄的排练。马尔科告诉舞者，工作时要敢于挑战，他自己也一样。你们不需要太漂亮，不需要技术很好，但要有胆量。

在这里，没有什么是确定的。也许前面三天里，你的表现都是最好的，第四天，因为一个失误，你可能就被调到最后一排去了。

她像一张纸，他在上面重新书写着。

克莱奥太高了？马尔科要求她像小个子一般敏捷。身体太软太瘦了？那她得变得更壮，跳得更高，能举起重八十公斤的男舞者。洗完澡站在镜子前，她会想起身上某些地方曾经的样子：脖子太细，小臂太柔弱。现在的她，肱二头肌向上隆起，八块腹肌清晰可见，每次拉起卫衣，弟弟都会在一旁笑她：你看起来真像机械战警！

一次排练后，马尔科过来告诉她：甜蜜的订婚期已经结束，接下来，就得正式步入婚礼了。从现在开始，你就是舞团的一员了，除非哪天你肌腱发炎，我们才会分开。二十一岁的她是马尔科舞团里最年轻的女舞者，每周六晚上，她会出现在法国人的电视屏幕上。

午餐时间，他和舞者们一起来到加布里埃尔工作室，午夜再和他们一起离开。团里的十五名舞者由他一手调教，他得精心呵护她们。他会亲自检查每个化妆间，确保她们有足够的饮用水、茶、饮料、新鲜水果、干果、黑巧克力、干净的毛巾和按摩精油，暖气得开着，但不能超过二十摄氏度。

他在舞台上走来走去，绕过地上的电缆，与技术人员交流，时而要求光线调暖些，时而要求检查摄影机机位，如果发现某台摄影机聚焦于女舞者的屁股或胸部，他会大发雷霆。

你不是刀俎，我们也不是鱼肉！

主摄影师抗议，说这毕竟是他的节目。马尔科怒不可遏，威胁说如果不立刻把导演和制片人找来，他就走，立刻，马上，带着他的舞者们一起走。

他时刻留意男歌手的眼睛，如果他们提出要去女舞者的化妆间，他会故意领他们走错房间。由于担心舞者在玻璃地面上滑倒，他会花上一整夜的时间剪一些小毛毡块，粘在她们的高跟鞋鞋跟上。由于担心舞者在聚光灯下接连跳几个小时，他会在舞者们说渴之前就拿水给她们喝。

晚上八点三十分，德吕克宣布："现在，让我们有请舞者上场。"克莱奥总能看到马尔科躲在后台，双手合十，边看她们的舞步边细声嘀咕。

在地铁里，克莱奥时常会看到坐在对面的小女孩凑到她母亲的耳边说："看，她就是德吕克节目里的那个红发舞者。"马尔科芭蕾舞团的现场演出节目单里有她的名字和照片，照片里的她一头红发，扎着高高的马尾。在里尔，在图卢兹，观众们为她们喝彩，好像一直看不够。就这样，观众认识了她，熟悉了她，她入场时，他们会欢呼，会吹口哨。她踩着高跟鞋，穿着无尾长礼服，时而与舞伴身体紧贴，时而抬起大腿，紧紧缠绕住男舞者的腰。性感的舞蹈是精确的，每个动作都得卡好时间点，7——弯腰，8——转圈……

就这样，她过了二十三岁，又过了二十五岁。性对于她来说如同数学公式，她并不怎么放在心上。她曾和一个舞台技师处了三个月，和杰夫·巴克利法国演唱会的舞台监督有过一夜情，时不时会和某个女舞伴的哥哥上床。她并非**性冷淡**。但性并不令她激动，不会让她有抑制不住的甜蜜与欲望，相反，看到女孩们纤细的脖颈时她会有冲动。只是，还需等待一段时间，她才会喜欢女孩，等到她不会觉得羞耻的那一天，那种曾经背叛她们的羞耻。

遇上拉腊时，她二十七岁。遇上如此美妙的感情，自己原本应该提前做好准备，迎接它的到来。可是她没有时间，拉腊又操之过急。

她们相处期间，母亲一直坚持称呼拉腊为"你的室友"。

1999年，克莱奥二十八岁，公司有了新的变化。相比舞者，他们更倾向于找一些“会跳的人”。一些在夜总会里“扭得很好”的人被发掘出来，她们对薪水的多少并不太在意，反而对名气更感兴趣。这些人辗转于各类真人秀，比如《老大哥》《阁楼故事》之类的，把赚来的钱留出来一部分，剩下的专门用于投资工作用具、隆胸手术、疤痕修复、隆鼻手术等。

马尔科芭蕾舞团依然活跃于一些电视节目，但与二十世纪九十年代相比，已大不如前。他们在舞台上的成功依然在延续。每周六，他们会坐火车赶赴小克维伊、昂贝尔或苏斯通。一位退休阿姨曾非常热情地到火车站接他们。她头发抹得光亮，像要去参加婚礼。出了车站，一群人挤进了镇政府提供的迷你巴士。阿姨沿途介绍着当地的风景：这里有一家教堂，还有一条不错的徒步路线，放假了可以来这里玩。演出厅的门上用透明胶带贴着一张A3纸，上面写着：“今晚，马尔科芭蕾舞团（曾出演《香榭丽舍》《荣耀拉艾》）将奉献精彩的表演！”

经人指引，他们找到了化妆间，两个小房间，沿墙摆了几排塑料椅子，拥挤不堪。舞者们开始化妆，没有镜子，只能用兜里的小镜子检查发型。镇长助理专门在里面摆了几小碟香肠和馅饼，油腻腻的，房间里弥漫着血腥味和盐味。

舞台上铺着亚麻油毡地毯，凹凸不平，只有两个侧面有射灯，音响轰隆隆的，洗澡水也太冷了。马尔科没有一同前来，舞者们只能自己想办法。

演出结束后，一些小女孩围在舞者身边，迟迟不肯离开，想和他们搭话。有些女孩把纤细的手腕举到克莱奥眼前：我在上面划了一刀，您给我签个名吧，就用血写。有人塞给她一张纸条，折成了正方形，上面写着“我最喜欢的电视明星”，还在电话号码旁画了一颗爱心：“下次再来的话，给我打电话。”这种自发的信任透着无限甜蜜，很容易被人利用，克莱奥事后回想起来，常觉得害怕。

试镜的次数变少了。编舞师匆匆看了一下她的简历后，说：抱歉，我们想找一些更有“现代感”的女孩。她坚持说自己什么都能跳。“克莱奥，你知道什么意思，你的风格太明显了，是那种九十年代的性感，马尔科已经过时了。”

有段时间，为了钱，每周五晚上十一点至周六凌晨四点，她会穿着白色比基尼，在皮加勒疯人俱乐部的高台上原地扭动身子，屁股左一下，右一下，再转个圈，在空中摇一摇手臂，毫无技术可言。

去那里寻欢作乐的人都叫她“娜塔莎”。后台的小姐妹提醒她，千万不要和将来的男友说自己曾做过舞女，男人们一听到这个，脑子里就会想到一些不好的画面。

结束俱乐部的表演后，有些女孩会匆匆赶往罗什舒阿尔大街，那里每走几步都有不同的表演秀。三十法郎可以看五分钟的脱衣舞。如果安排得当，一晚上下来，收入相当可观。

克莱奥有时也去，顶替某个累得不行或某个来月经的女孩。她跳得一丝不苟，这些隔着玻璃看表演的男人也是观众，与其他观众一样，不应令他们失望。

参加朋友的生日聚会时，常有人过来主动搭讪：我们能再见面吗？克莱奥毫不隐瞒自己的不稳定性：她没多少时间和他们在一起，也没什么钱。男人们请她吃饭，为她付出租车费，送给她舞蹈课的优惠卡。这些都不值一提，里面没有爱情的成分。

与拉腊分手后，她的感情世界一片荒芜。克莱奥需要时间来抚平创伤。母亲常追问她有没有“男朋友”，说再晚就影响生育了。

1999年秋天，迪亚芒特尔夜总会的招聘现场令人瞠目：有两百多名身高一米七六至一米八的舞者前来应聘，她们来自欧洲各地，慕尼黑、巴塞罗那、尼斯……

尽管身高只有一米七三，她还是作为替补被聘用了。劳务合同上写着：舞者在舞台上必须面带微笑，必须贴上夜总会提供的假睫毛。

在夜总会工作了不到两周，克莱奥就觉得那里的装饰令她有种被蚕茧包裹的感觉。白色的楼梯上镶嵌着塑料材质的紫藤花纹，深红色的帷幔，镀金的大理石，饰金的拉花墙面，杯沿烫金的香槟酒杯，什么东西都要镀成金色，就连克莱奥的眉毛都得撒上些许金粉。主持人曾教过克莱奥怎样变身为迪亚芒特尔夜总会的舞女：很简单，这里的女孩必须使用夜总会要求的器具和颜色，不能即兴发挥。

上台前，克莱奥问身边一个舞女：你帮我看看，看不到我大腿上的胎记吧？确定吗？

夜总会给她指定了一名女服装师，名叫克洛德，她穿着一身低调的单色衣服，建议克莱奥换装时背对着她，这样会更“舒服”一些。

克莱奥与母亲在电话里聊起服装师，说她们有多么亲密。母亲会吃醋：你怎么老提“克洛德”这个名字，好像她是你的第二个妈妈！

克莱奥差点儿没忍住，想把自己的过去告诉“第二个妈妈”。可她想起拉腊**知道真相**后看自己的眼神，便打消了这个念头。

如果知道她也加入了一个社团，与一群技师和舞女一起为某个女舞伴的安全打抱不平，共同起草了请愿书，拉腊可能会惊掉下巴。后来，当她的“第二个妈妈”抛弃了她，没有在请愿书上签字时，拉腊也许能够理解她的愤怒和痛苦。

分手约两年后，克莱奥仍然用拉腊这副有色眼镜来看难过或高兴的事：曾经的“室友”如果知道疯马夜总会的舞女为了涨工资而拒绝微笑，她是会看不起她们呢，还是会大夸特夸？

2000年春天，在一次生日宴上，她与阿德里安初次相遇。闲聊间，她对他说起了这次罢工：“把微笑作为武器。”他觉得这很“可爱”。不过，他接着问：克莱奥，你**真的**在夜总会里跳过舞？

他并不是非要她回答。那天过生日的朋友家里，客厅铺的地毯产自土耳其安纳托利亚，用来做沙拉的西红柿产自“萨沃尔”合作社。他兴奋不已：“非常正宗！”在他看来，二十一世纪是一个“求真”的时代。以他自己为例，为了品尝一块真正的草饲羊羔肉，他愿意长途跋涉。出于同样的理由，他喜欢看传记，因为在他看来，小说与演出一样，都是虚构的。

认识不久后，阿德里安就把她介绍给了自己的“帮派”。他们还一起去了第戎高等工商管理学校。进酒店吃饭前，他和克莱奥说，最好不要对他的朋友们提她在迪亚芒特尔夜总会的经历，他们很爱开玩笑。

他住在巴黎高等工程技术学院附近一套三居室的公寓里，平日不在家时也开着暖气，毫不担心因此产生的费用。他会给她大声念《世界报》和《费加罗报》的文章，认为党派之争目光短浅，每个派别都有好的一面，什么左派、右派，都是过时的说法。克莱奥故意找碴儿，非要他作出选择：到了法庭上，你必须宣誓选择一个立场。

他皱起了眉头，不喜欢钻牛角尖的她，随后送上一个吻，打断了她的话——他还是喜欢作为舞者的她，不喜欢像律师一样的她。

她和他提过拉腊。有时做完爱，他有些担忧：是不是和女孩在一起感觉会更好？她直接告诉他：和拉腊在一起并没有“更好”。那是什么感觉呢？能形容一下吗？

与阿德里安的爱情很温和，没有痛苦，也不用担心失去他，克莱奥很享受。她爱他，但并不想完全得到他，她喜欢这种清净的心态。她喜欢他想“保护”她，虽然她并不需要别人的保护。

克莱奥心里的某个地方藏着一个抽屉，里面锁着一些人影和场景，这是阿德里安触碰不到的角落。拉腊公寓的厨房，克莱奥曾在那里听拉腊与社团成员讨论；约纳兹家中的走廊，走廊尽头是他父亲塞尔日的书房；塞尔日送她的文章被贴在记事本里；“鸦片”香水；奖学金的获得者……

每隔一个周末，他们都会去克莱奥父母家一起吃午餐。母亲见到阿德里安时的殷勤令人不忍直视。她会特意打扮一番，抹上珊瑚红腮红，穿着高跟皮鞋，迈着小碎步走去厨房。说到万塞讷[①]时会特意拉长尾音，令人联想起城堡和树林，仿佛他们的公寓不在林畔丰特奈的边缘，这里也不是一个普通小镇，每隔二十分钟就有一班开往快铁站的公交车；仿佛她也不是一名临时工，不需要和其他成千上万过了五十五岁的妇女一样，经常去临时工介绍所填求职表；仿佛她也不是什么俗人，不会在坐车时高唱《康尼马拉之湖》之类的歌曲；仿佛他们夫妻俩也很有品位，去过奥赛博物馆，其实阿德里安更喜欢卢浮宫；仿佛她床头柜上堆放的书籍不是法国娱乐出版社的小说，也不是《电视周刊》之类的杂志。

当克莱奥惊呼樱桃太贵时，阿德里安会皱起眉头，嘲笑她的“穷人思维”：总喜欢早早订好火车票，在餐厅吃饭不点苏打水，只喝免费的自来水。父母听完他的批评后沉默了，他嘲笑的这些都是家里的传统。最后，父亲只能说：餐桌上不要谈钱。

① 万塞讷，法国法兰西岛大区马恩河谷省的一个镇，位于巴黎东部近郊。

2001年冬天，克莱奥怀孕了。阿德里安的朋友要来祝贺她。她想象着他朋友们的调侃：两人在床上蜷在一起，精子撞上了卵子，简直就是壮举！

怀孕的过程异常痛苦，她经常恶心，体重也下降了。离开了舞蹈，身上不再有汗水和樟脑味，不再戴着羽毛饰品，身体也不再美丽，她希望从这具被征服的躯体中解脱出来。阿德里安一直鼓励她，让她再坚持一下。他细心照顾她的饮食，给她做焗菜，煮宽意面，这些东西容易消化。他的爱如一床棉被，一块密不透风的篷布，为她营造出一个温室，即使外面是烈焰滔天的世界末日，里面也温暖如春。

周围到处是“婴儿”“宝宝”这些词，看多了甚至令她恶心。保湿霜，可以令女人拥有如婴儿般娇嫩的皮肤。报纸上，作者激动万分地评论某些女歌手的轻吟宛若婴儿的细语。杂志封面上，一些模特扮成小女孩，脸颊上抹着婴儿红，上面还点缀着一些雀斑。网站上，父母可以在线评估他们的宝宝，让孩子变美是他们的职责，什么年纪开始都不为晚。**您的小宝贝应该优雅、上镜、可亲、爱笑，最重要的是要聪明和听话**。

阿德里安在电话里对克莱奥说，他“并非要求”她停止跳舞，但一些文章里说，舞者过度发达的腹肌对分娩并无好处，因为比较难**放松**。

有人曾对她说：**你要放松……**

肚子里的是一个女孩。她有时会把自己锁在浴室里，几个小时不出来，哭到噎气，却不知道到底哭什么。如果有人曾毁了另一个人，甚至毁了许多人，她还能教育孩子吗？

还能做孩子的表率吗？

还能做妈妈吗？

露西出生后，克莱奥手忙脚乱，不知道怎么给她换尿布，怎么喂奶，怎么抚慰这个不会说话却完全依赖她的小生命。偶尔，她会梦见怀里抱着的孩子长着一张和贝蒂一样的脸，甚至能闻到一股花香味。第一次去贝蒂家里时，贝蒂的母亲，博格达尼女士，像对待大人一样对她毕恭毕敬。桌上的蛋糕裹着一层玫瑰果冻，散发着同样的香味。

曾经，她躲在房间里，把电话线从房门底下引进房间，听贝蒂在电话里说：*可以吗，克莱奥……*

贝蒂眉毛漆黑，双眼清澈，门牙有点歪，她常自夸说有这样牙齿的人都“运气好”。如果有人说她瞎说，她会耸耸肩。

可自己当时什么也没做，什么也没说，就这样任由一切发生。她甚至没有伸出手，按住小贝蒂的肩膀。

阿德里安一直说，寻求帮助并非软弱之举。可克莱奥的父母却教导她，我们只能靠自己……

是父母的错吗？他们一生都在孤军奋战。她待人处事的被动是遗传自他们吗？听到别人说什么请愿、罢工、献爱心，她总是不置可否。

那么，是时代风气的错吗？优胜劣汰，伽拉忒亚的那种理念随处可见。同事在通知阿德里安被公司开除时，甚至还会加上一句：这是对你的**激励！**

或者，应该怪小时候看过的那些电影、电视剧和真人秀，还有听过的那些歌？**每个人都活在物质世界里，所以我是一个物质女孩**。

或者，与这些根本毫无关系。她不得不继续孤独地活在耻辱的国度里，与自己曾经传播的病毒为伍。

瓦莱丽，4 月 12 日周三下午 2 点，OK。苏菲，4 月 19 日周三下午 2 点，OK。

在阿德里安的坚持下，克莱奥同意去看心理医生。诊所的书架上乱七八糟地摆满了书，有一本是弗拉基米尔·扬科列维奇的《永不失效》，袖珍版，和塞尔日的那本一样。

说到塞尔日和约纳兹，她想起那天在小广场上，约纳兹说他不想做犹太人时，她有多么困惑。人没有权利放弃自己，也不能被心中的幽灵打败。

医生问她，有没有什么话题或者什么事情想和他聊的？

如果向他袒露自己内心的独白，她就可以被赦免吗？就可以被宽恕吗？花钱看心理医生，就能抵销自己曾经的所作所为吗？

克莱奥取消了下次的预约，说了声再联系。

2003年，尽管膝盖半月板损伤，股四头肌损伤，腰痛……她还是几度尝试重操旧业。无奈之下，她还是去了当地的职业介绍中心。

每次与就业顾问面谈，对方都会引用拉·封丹寓言里的一句话：**凛冽的北风吹来，才发现之前什么都没准备**。

为什么不去考舞蹈教师资格证呢？

她根本不是当老师的料。

可是，对方反驳，你的履历很出色啊，如果能把你的经验传授给下一代，那就太好了。

像克莱奥一样……

也许去当按摩师？或者去巴士底的一家舞蹈培训机构做前台？不过这和你的技能好像没什么关系。

就这样，每天早上九点至下午五点，克莱奥坐在前台，负责接听电话，收钱，告诉学员们更衣室在哪儿。这里有五间教室，每节课开始前，学员们会把入场券交给她。他们都知道她的名字，会和她说知心话：克莱奥，你比我妈还好；谢谢你，克莱奥。

老板表扬她，说她很警惕。露西的一个女同学笑着对露西说了一件自己父亲的趣事。她在那里学习爵士舞，父亲去接她下课时，遭到了克莱奥的一通盘问——我爸爸丢脸丢大了，你妈妈以为他有恋童癖。她可真是个狠人！

女儿知道许多克莱奥从未想过的事情。露西心中仿佛有一个大罗盘，据此来划分什么是好的，什么是无价值的，什么是有效的，什么是有害的。她把一切解剖得细致入微，将生活经营得如同一首交响乐，再细微的不和谐音符都会被她听到。尝试新事物时，她总是小心翼翼。进入一家餐厅之前，她会在多个网站上查看评分，以确保不会出现意外。

露西刚过完十八岁生日，每周日下午，看到无所事事的克莱奥在“油管”[①] 上看视频，还会取笑她：你还有粉丝呀，“致敬马尔科”的视频最近的点击量多了好几千呢！她边说边笑，手指着屏幕上妈妈的身影，和小时候一样，只不过笑声里多了一点揶揄。她接着说：你穿的这套服装太媚俗了！这些女舞者，无论是身穿芭蕾短裙作等候王子状，还是穿着丝缎超短裤扭个不停，其实都是在出售她们的身体，她们毫无话语权，也从来不关心这一切。

克莱奥点了点头：亲爱的，也许，也许你是对的。

她想起了克洛德的工作室，想起了那些缝在衣服上的玻璃水晶。水晶的切割面越多，反射的光芒就越多，如同一个开放性的问题，角度太多了，克莱奥不知如何作答。

① “油管”（YouTube），国外一个视频网站。

露西是肯定不会被人骗的。她十三岁时，如果有人想用什么杰出人才奖学金之类的事引诱她，她说不定会笑出声来，甚至理都不理那个人。

女儿要是**知道**了她的故事，肯定会说：网络上很多人的证词前面会附上“#MeToo”这个标签，可你的故事不一样。克莱奥将无力辩解。

她是一个受害者，也是个加害者，代号 0.1。

*

再过两天，克莱奥就四十八岁了。露西和阿德里安忙活了好几个星期，说要在生日那天给她一个惊喜。女儿特别强调，一个大大的惊喜。

客厅里的电脑屏幕依然亮着。

为此，我们开设了一条电话专线，并专门注册了一个电子邮箱：temoignagegalatee-ocrteh@interieur.gouv.fr。进行调查的同时，埃尔维尔－伊妮德制片公司准备就此制作一部纪录片，他们也在“脸书”上发起了同样的证人征集活动。

9

露西建议，今年，他们得为克莱奥准备一次充满惊喜的生日宴。阿德里安听后反对，四十八岁又不是整数。

正因为如此，她才不会想到有什么惊喜。

两人很快就筹备起来，周日下午去楼下的咖啡店，讨论各自眼中的克莱奥，以找到好点子。

有哪些人她总忘不掉呢？

拉腊。得把她找来。克莱奥曾在露西面前毫不避讳地提这个名字，说她是曾经的恋人，那是一场“真正的恋爱”。

克洛德，她以前的服装师。她们好像一直有通信？

还有那个人，约纳兹，还是约纳什？克莱奥一直留着他父亲写的东西。

小时候，露西打开过那个抽屉，就在爸爸妈妈的床底下，里面乱七八糟的，堆满了记事本、旧杂志和双面都写满字的纸，她顿时丧失了继续探索的乐趣。

在一本 1987 年的记事本上可以找到约纳兹父母的电话号码，可打过去的时候是空号。现在网络发达，他们很快就找到了约纳兹的工作邮箱，他的名字太特别了，虽然姓瓦尔林斯基的人很多。

克莱奥的电脑里存有克洛德的邮箱地址，露西发了封邮件过去，但对方并未回复。

至于拉腊，阿德里安去找了以前她们住的那栋楼的物业，拿到了她的邮箱，她还住在那儿。

10

克莱奥打开门，约纳兹见到她时说的第一句话，是“对不起”。他说抱歉，迟到了三十二年零二十分钟，现在才来参加她的生日宴。

四十八岁的克莱奥听后“扑哧”一笑，宛若十六岁的她。她现在四十八岁，这么多年过去了，她仿佛游走于时间之外，脸庞依然像个孩子，睫毛干干净净的，什么也没涂。约纳兹递过来一个盒子，里面是玛莲·法莫的全套CD，还有一个橙色的纸板文件夹，封口的紫色胶绳已失去了弹性，他从里面抽出一张纸，是从记事本上撕下来的：1993年，塞尔日在病床上给你写了一封信，我一直想寄给你，可是没有勇气。

晚餐后，四个人一起沿着运河散步。夜色渐沉，暗蓝色的天幕仿佛张开的扇子，紧挨着维莱特剧院的石榴红屋顶。

露西和阿德里安渐渐落在了后面。克莱奥远远朝他们打了个手势，示意他们先回家。

有些事，我想和你说。

约纳兹一直听着她说，没有打断她。他递过去一张纸巾。克莱奥脸颊苍白，仿佛刚被暴雨淋过一般。

她从口袋里掏出一张纸，折了两折，是报纸上的一篇文章。如果我写信联系他们，如果我去找他们，你会和我一起去吗？她问约纳兹。

11

几个月来，那个服务器一直被监视着，之前国家打击贩卖人口工作组就是在上面找到“伽拉忒亚”的文件的。

最老的一些照片还是用胶片拍摄的，时间可追溯到二十世纪八十年代。经分析，最新的一些照片用的是数码相机，拍摄于 1994 年。每张照片下面都有一个链接，可链接已经失效，点进去后，会提示文件已被删除。

乍看上去，文件就像一份产品图册，可卖的东西讳莫如深。里面是一排排的无名少女，只能通过一些细节才能判断出照片拍摄的年代，例如戴的饰品，手腕上的卡西欧手表，或者身上穿的尚飞扬运动衫。

有些女孩仿佛一直在忍笑，眼睛睁得大大的，显得很惊讶。有些女孩学着杂志上的模特，低垂着头，目光上扬。

这是一份童年尾巴的样品册：有些女孩的指甲上留有齿痕，有些抹了指甲油，有些刘海遮住了眉毛，有些戴着整形牙套……

伊妮德的哥哥是位记者，初次从他那里听到有这样一份文件时，她觉得不可思议，之后决定把它作为自己下一部纪录片的主题。

给影视专业的学生上课时，她一直强调自己没什么方法好传授的，她所做的，就是把那些萦绕心头的故事讲出来，仅此而已。纪录片的主题和小说一样，都是直面那些我们尚未解决的问题，不需要刻意寻找，只需要去倾听，让它发出声音。其实，题材一直都在那里，就像皮肤里的一根木刺，很容易被人遗忘，就像嘴里某颗缺块的牙齿，要用舌头去舔才会注意到。

相册里的一张张脸如同一部部无声的电影，字幕已被隐藏。伊妮德也是过了很长时间才发现，这个故事一直纠缠着她。

文件曝光三个月后，警方终于辨认出里面的一张面孔。1991 年，一位母亲为了她十三岁的女儿，就是文件中的代号 D，向警方递交了一份指控。

D 的母亲控诉一家名叫“伽拉忒亚”的基金会企图对她女儿进行精神控制。但她提到的这家基金会，既没有公司地址，也没在政府注册。而且，“精神控制”这个概念直到 1994 年才被纳入《刑法》，因此这项指控也就不了了之。

警方随即联系了如今已经四十二岁的 D，D 同意去警局做证。去之前，她咨询了一位名叫巴雷尔的律师。伊妮德的哥哥因为另外一件事与这位律师的女助手有过接触。通过这位助手，他轻易拿到了 D 的指控副本，毕竟案子已过了法律时效。

伊妮德从哥哥那里看到了这份指控。

1991 年，我读初二。班上的一个女孩声称她被一家基金会选中了，基金会主要面向女孩，为她们提供奖学金，帮助她们“圆梦”。这件事在当时引起了轰动，那个女孩也获得了在一家高级成衣品牌公司实习的机会。

我很喜欢马术，房间里贴了不少赛马的海报。暑假期间，我会去索比斯镇看望祖父母，也可以借机去骑马，因为那里价格不贵。可是在巴黎，这基本属于高档消费，有钱人才玩得起。

母亲听到这事后，觉得我可以去碰碰运气。她早就不满我周六总是跑去塞尔吉[1]市政广场闲晃。

很快，我见到了基金会的一位女士。她说“伽拉忒亚基金会的基本原则”就是机会平等，还夸我的想法非常棒。此后，我们又见了几次面，一起“完善”我的申请资料，看起来一切都很像回事。她还送了我一本书，是著名驯马师巴塔巴斯的传记。之后的周六，她带我去参观了卢浮宫，里面有一幅泰奥多尔·席里柯[2]的《埃普索姆赛马》，令我印象深刻。我被这个女人征服了，不是因为她多有学识，而是因为她关心我。她负责替我准备资料，安排了一次拍摄，文件里的照片就是这样来的。

大约十天后，卡蒂打电话给我母亲：您女儿被选中了。下一步要做的，就是打动奖学金的评委。为此，母亲特意给我买了一条裙子，家里也一直在聊这件事。

卡蒂告诉我，她不能陪我去面试，因为存在“利益冲突”。

我一个人去了那里，担心得要命。我此前很少去巴黎，也从未去过十六区。当天共有五个评委，都是五十来岁的男子。同去面试的，还有另外三个与我年纪相仿的女孩，但我们没有交谈，毕竟存在竞争关系。有一个评委甚至明确说：“最优秀的才能胜出！”午宴极尽奢华，我都看呆了。一旁的女服务员像是模特，评委们谈论的话题都是

① 塞尔吉，又译塞尔齐、塞日，法国北部法兰西岛大区瓦兹河谷省的一个城市。

② 泰奥多尔·席里柯（1790—1824），法国著名浪漫主义画家，代表作有《美杜莎之筏》等。

影视、文学之类的，我听得云里雾里……负责审核我档案的男子就坐在我旁边。去之前，我特意准备了一些说辞，可是他一直问我喜欢听什么歌，有什么闺蜜之类的。慢慢地，我放松了下来。而且他几度说被我的成熟和感性“惊呆了”。告别时，他说自己被我“迷住了”，希望下次和我一起为我的未来制定规划。他还说复活节那天，在万塞讷有一个马术障碍比赛的实习。我兴奋极了。那个年轻的女服务员开车送我回家，对我说另外一个评委也被我吸引了，他是一名电影制片人。我没想过要拍电影，但这话听着还是很受用的。分开前，她递给我一个信封，里面装着两百法郎，说是奖学金的预付款。

卡蒂说完面试的过程后，告诉我，从此刻开始，“你的未来就掌握在你自己手中了”。我做梦也没想到自己能这么幸运。

接下来的周三，我等待着接受考核，他们要评估我的资格。评委向我解释，伽拉忒亚的考核方式是“持续考察”。结果如何，主要取决于我是否“成熟”，这才是重中之重。听完他这话，我感觉这事几乎就是板上钉钉了。他对我说他是医生，问我是否可以把背部露出来，他要看看肌肉的紧张部位，因为这对骑马很重要。我同意了。“成熟”，意味着不去怀疑一切。我们进了隔壁房间，他开始给我做一些理疗按摩，这令我安心了许多。

又是同样的信封，同样的两百法郎。

我无时无刻不在想着他。那时我一直没来初潮，胸部也太过平坦，这令我非常自卑。学校里没有男孩会注意我，父亲也很少关心我。现在，突然出现了一个成年男子，他觉得我漂亮、优雅。我迫不及待地想再见到他，几乎忘了奖学金的事。初中生都很喜欢爱情电影，尤其那些成年男子“恋上”年轻女孩的电影，例如《风月俏佳人》。我感觉自己被人爱着。

卡蒂鼓励我勇敢地走下去，能碰上一位这么优秀的评委，他还为我“发疯”，我真是“幸运”。可是第三次见面……午宴还是老样子，无处不显示出精致奢华，聊天的内容也很高大上。他先是递给我一个小礼盒，里面装着卡夏尔的“露露”香水，上面还有张纸条：“送给未来著名的女骑士。”

那天，我穿了一条羊毛超短裙，他说“很可爱”，还说我吃甜点的样子也很可爱，说这是性感的证明。关于“性感”这个词，他滔滔不绝地说了很多，其间掺杂着不少关于马术的高论。说着说着，我也忘了是什么时候，他突然问我，骑马时会不会有性冲动。这话让我很不舒服，他看出来了，随后又开始提起“成熟”的标准，他希望我能表现出来，这样才有机会获得奖学金。我眼泪几乎都要掉下来了，但又暗暗告诉自己不能放弃。这是对我的考验。

又是那个女服务员送我回家，她似乎并未注意到我的情绪，递过来的信封里面装着四百法郎。我曾试图告诉妈妈，这事不正常，可是没敢说出口。怎么开口说这事呢？难道说自己在未受逼迫的情况下帮一个成年男子口交了？单单想到要从自己嘴里说出“口交”两个字，我就觉得羞耻。何况自己此前没有过任何性经验。

当卡蒂通知我申请未能通过时，我坚信这是我的错。自己当时是否应该对那个家伙说“不”，还是应该努力做得更好些？

我不敢去问班里那个介绍我认识卡蒂的女孩是否也经历了同样的事情。我很担心，如果她说没有，那我肯定会被人当成“婊子”。我想打电话问卡蒂……可是没有她的电话号码。她后来也没再联系我，这说明当时我确实令她失望了。我想我得了抑郁症。

几个月后，母亲去报警。这让我觉得既震惊又羞耻。我担心卡蒂会因为妈妈的举动惹上麻烦。警察来问我是否遭遇了性侵犯，有没有被性勒索，我回答没有。

我不知道当时一起参加午宴的其他女孩身上发生了什么，我和她们不是同一所初中的。二十多年来，我一直在想，那些为他们服务过的女孩是不是再也没被叫回去过。不过，也有可能当时的我对他们而言年纪太小了，或者还不够小。

警察请D协助辨认文件中的两张照片，通过分析，它们应该拍摄于1990年。D认出了其中一个人，代号F，正是这个人把她介绍给了卡蒂。

F拒绝了警察的传唤，她有这个权利。巴雷尔律师决定接手这个案子，希望能与"伽拉忒亚"后期的受害者见面。但F也不愿见他。

伊妮德的哥哥给F发了一封邮件，说希望能与她见一面，他在邮件中强调自己是某线上报纸的记者。F也没有回信。

伊妮德也想试试。她给F发了一封邮件，告诉对方自己是一名纪录片导演，与警方和司法部门毫无关系。她和女友埃尔维尔合作的电影曾获十几个电影奖项，她们对伽拉忒亚事件很感兴趣。

等了三周，F还是没有回复。伊妮德又写了一封邮件，说只是约在咖啡馆一起聊天，不会占用对方太多时间，并且她保证，未经对方同意不会录音或录像。

F总算回复了，说如果伊妮德不录音或录像，她们可以见见，但自己并没什么特别的事情要说，而且无意提起诉讼。

是一个初三的女孩跟我说起了伽拉忒亚。对我来说，它还是管用的，我的那个评委确实帮我给卡尔·拉格斐[1]写

① 卡尔·拉格斐（1933—2019），旅居巴黎的德国著名服装设计师、艺术家、摄影师，常被人称为"时装界的恺撒大帝""老佛爷"。

了一封推荐信，他给我看了。家里的亲戚或身边的其他人都不可能给我写什么“推荐信”。当时，因为这个奖学金和收到的礼物，我确实出了名。我并未获得奖学金，但我有过机会，正如卡蒂一直说的那样，真正卓越的人才能得到它。卡蒂很漂亮，很优雅，午宴也很高档。1990 年的某次午宴上，我才第一次亲眼见到寿司。那些人根本不在乎钱。

伊妮德和 F 说起了 D 的指控。

嗯。不过，现在这种事就像一种流行病。一些原本很美好的事，如果用道德伦理去衡量，就会变成一摊烂泥。D 当然可以把自己当作受害者，可当年，她和我一样，都是自愿去参加午宴的。

那么，你有没有和 D 一样，受到性侵犯呢?

我没被逼迫做任何事。有些女孩为了引起评委的关注，什么都做得出来，那些男人又怎么能抵抗呢? 我是帮那个家伙口交了两三次，可并未觉得受到伤害。再说，我后来也帮那些我自以为爱上的男人做过同样的事。

尽管如此，还是很难相信卡蒂对于午宴期间发生的事一无所知，而且那会儿你和 D 才十三岁……

卡蒂可能真的什么都不知道。她关注的只有那些美好的事情，只有艺术。她教会了我一切，是她……教育了我。我不想令她失望。

好吧。

你为什么向其他女孩说起奖学金的事呢？你明明知道很少人能得到它，又为什么对D说呢？

F明净的面颊上突然飞起一层红潮，一直蔓延到额头。

当时的我们可不像现在的孩子，每天都被安排得满满当当的。我的父母根本没时间和金钱来关心我的梦想，只要我的成绩过得去，能找到一份不错的工作，他们就知足了。未来对于我来说，就是能够找到一个不住在塞尔吉的男朋友，然后把自己的命运寄托在他的梦想上。

D当年说起骑马时总唉声叹气，她非常喜欢马术，经常看电视上的马术比赛……我觉得她可以去尝试一下。我自己反正是没机会了。如果帮助别人也是罪过……

愤怒之下，F抬高了说话的音量，连服务员都转头来看。她开始在钱包里翻找，拒绝伊妮德帮她买单。过了许久，她脸上的红潮才慢慢变淡，最后变成几缕绯红，残留于苍白的脸上。两人在这家咖啡馆里坐了一下午，仿佛两名绑在木筏上的桨手。F的两只手一直紧紧抓着她的手提包。

伊妮德不再提问，只是听对方一直帮卡蒂辩护。F再次提起这是她的“运气”，说去过哪些餐厅，收到了哪些礼品。通过她的讲述，关于伽拉忒亚的信息慢慢多了起来，她还说起某次午宴的地点，**确实是有点儿远**。

她说当时因为所在的初中周三有一堂补习课，因此她不得不放弃了一些参加午宴的机会。

卡蒂非常善解人意。

说到这儿，F犹豫了一下，再次询问伊妮德有没有录音。整件事情是有些复杂，她叹了口气。

这一刻，两人都知道，接下来所讲的事就不再是场面话了：卡蒂确实找了F做她的“助手”，还给了她酬劳。

最近，因为“#MeToo”运动，她又想起了这些事。

午宴期间发生的事确实并不都是浪漫美好的。我想过讲出来。可是没有合适的机会……我该怎么说这事呢？说这是好事？可这不是什么好事。我要是说出来，没有人会帮我辩护的，你明白吗？别人会审判我。这也正常，毕竟我也不是毫无污点的。

走出咖啡店时，伊妮德问她要不要一起走一走，F谢绝了，说想回家。过斑马线时，她在路口差点儿扭到脚踝，幸好抓住了身边的伊妮德。她连忙道歉，说自己有点**头晕**。

回到家，还没来得及准备晚饭，伊妮德就迫不及待地在日记本上写起来：

1982年，我十二岁，喜欢收集波姬·小丝的海报。六年后，我又迷上了凡妮莎·帕拉迪丝。

为了多点儿零花钱，我学会了对父母撒娇、撒谎。我在学校里总是大大咧咧的，在家里却害怕和客人打招呼。我会把牛仔短裤改短到屁股下面，但会在妈妈威胁说要把我的“史努比”睡衣扔掉时（因为太小了）哭闹起来。

我经常撒谎，毫不觉得愧疚。我会模仿父亲的笔迹在自己的成绩单上签字，会偷音像店里的黑胶唱片，喜欢到图书馆看丹妮尔·斯蒂尔①的小说，喜欢翻阅《时尚》杂志，尤其迷恋里面那些教人怎么从“失败者逆袭为性感的成功女性”的文章。周末，我总是窝在沙发里看电视，边吃泡泡糖边看综艺节目。

每周一上午，我都会对自己说，要努力做无欲无求的纯粹之人。我渴望离家出走，会仔细计算自己吃下了多少卡路里，强迫自己光着身子站在房间的窗户边。我羡慕那些患有支气管炎的人，希望像他们那样干咳。我会并起双脚从很高的围墙上跳下去，直到感觉脚踝被水泥地面撞得

① 丹妮尔·斯蒂尔（1947— ），美国最具代表性的畅销作家之一，主要的作品有《避风港》《戒指》等。

发疼。我很喜欢这种身体可感知的痛苦。

我为阿蒂尔·兰波的死而落泪，却从未读过他的诗；我会为电影里狗的去世而哭泣；日常生活里，我也很多愁善感，惋惜人生短暂，又觉得一年的时间太过漫长。我希望生活中能发生些不一样的事，我一直在等待，如果出现，我会毫不犹豫地沦陷进去。我会迷上某人额前的一缕发梢，会爱上公交车上某人的微笑。我的面颊潮红，像一直发着高烧。我等待着。在日记本里，我写下整页整页的誓言，愿意**不惜一切**，只为拥有**特别的人生**，虽然心里并不知道那到底是什么，也许就是**不一样的东西**。

卡蒂的出现是一个召唤，召唤我离开麻木的生活。当然，我疯狂地迷上了她，也迷上了做她的幸运儿。

参加午宴的感觉，就像去参加一场比赛，我告诉自己要成为最棒的选手，要对得起卡蒂对我的信任。那些男人关注的眼神以及他们提出的问题，逐渐冲淡了我开始时的担心。他们让我天真地以为自己是受人青睐的，是有“前途”的。他们也让我更坚定了曾经的想法：父母并不了解我。

我自以为掌握了游戏规则，努力表现出评委们喜欢的“成熟”。钱可能加强了这种感觉。总之，我觉得自己一只脚总算踏进了未来的大门：有一份配得上自己的收入。闭上眼睛，脑海里浮现出一些喜欢的电影场景：屈服于男人也是一种勇敢，还有《爱你九周半》中的金·贝辛格[1]。

---

① 金·贝辛格（1953— ），美国女演员，时尚模特。

也许我应该好好考虑一下是否要做卡蒂的“助手”。可她对我的关心是那么精于算计，以至于我无法犹豫。如果拒绝她，自己可能会再度陷入认识她之前的那种生活，这种恐惧令我不愿意犹豫。

伊妮德和埃尔维尔每天会通两三次电话，发十几条短信，除非两人中有人出差，否则总会在一起吃晚餐。

她们共同体验了诸多第一次：一起学会了撰写个人简历，一起装修房子，有段时间一起奉行开放式的关系，一起学着六十年代的电影情节在清晨时分坐火车去看海，一起经历了竞赛的挫折，一起学会了做泡芙。

今天，她们之间的感情可以说什么都不缺，除了性。

两人情感上的分手，也标志着事业上合作的开始。

听完伊妮德讲述她和F之间的会面，埃尔维尔坚信她们找到了下一部纪录片的题材。事情就发生在巴黎，有人打着午宴之名，组织未成年人卖淫，故事里有骗子，有未成年的无辜少女……故事的女主角就是D。这样的题材，肯定能找到投资人。

因为不再是“伴侣”，两人之间的争执也都很简单，只涉及工作中的一些细节问题。可是今晚，伊妮德无法认同埃尔维尔的观点。

她认为，如果D是“伽拉忒亚事件”的受害者，那么F受到的伤害也不遑多让。她不认为这是一起卖淫事件。卖淫是指双方之间达成某种性交易。这些女孩并未**决定**要用性来交换一次实习机会或一封推荐信。她们这样做是为了不让卡蒂失望，因为她们爱她，希望继续得到对方的爱。

卡蒂赌的就是她们的爱会令她们保持沉默。她赌赢了。

而且，这类事件也并不“特别”，她们也遇到过，所有人，无论是谁，应该都遇到过。

她问埃尔维尔是否还记得，某个制片人曾表示对她们的影片感兴趣。当时坊间传说他曾有性骚扰行径，可当时她俩收到邀请去参加他的生日宴时多么高兴啊。她们是怎么做的呢？义正词严地拒绝了他的邀请吗？没有。她们去了，还觉得自己是“少数的幸运儿”，为此受宠若惊。她们没有跳出来揭发他，反而让他的性骚扰行径得以继续。她们也是同谋。

埃尔维尔支支吾吾：当时我们不确定那些传言是否是真的，他说可以帮我们拍电影，那时候只有他这么说。

那天晚上，两人默默地准备着晚饭，仿佛在小心翼翼地调整家里某幅摇摇欲坠的挂画。

回到公寓后，伊妮德给埃尔维尔发了一条短信：这部影片如果拍摄，不会讲什么女英雄。在这个时代，鼓吹勇气和魄力会令人觉得不舒服。只有一些“女强人”才能“孤军奋战地走出困境”。她们被当作偶像，“不会任由别人为所欲为”。如今的观众已不堪重负，倍感无力，所以喜欢坐在那里幻想着英雄主义。脆弱变成了一种侮辱。可是那些没法坚强的人怎么办？那些走不出来的人怎么办？那些拼尽全力最后却未能成功的人怎么办？难道我们宣扬的价值观与我们嗤之以鼻的政府毫无区别，都在鼓吹力量、权力、征服和胜利？

伽拉忒亚的做法很简单，就是“优胜劣汰”！这件事就像一面镜子，照出了我们的不安：摧毁我们的，不是别人强迫我们去做的事，而是我们愿意去做的事。我们明明都在谴责一些行径，却还是违心去做，因此内心泛起丝丝羞愧：购买在奴隶手中制作出来的物品，去独裁政权统治下的阳光海滩度假，参加那个喜欢骚扰女性的制片人的生日宴。我们都经历过这些耻辱，都曾身陷旋涡，慢慢被它掏空，挖空。最后，什么也没说，什么也没做，因为我们不知道如何说“不”，只知道如何说“好”。

某位广播节目的制片人听伊妮德和埃尔维尔聊完她们的下一部纪录片后，问道：你们所说的，就是二十世纪九十年代那些为上层人物和少女牵线搭桥的午宴？**这可是众所周知的事**。

所有人都知道这件事。

制片人又加了一句：这么多年都没人站出来指控，这本身就说明了当时并未发生什么很严重的事情。

两人原本都干劲十足，准备去翻阅各类档案，想尽办法从别人那里套取信息。结果发现，这样的事情原来并非什么秘密，而是众所周知的。伽拉忒亚的套路也不怎么稀奇，社会上的各个角落都能看到。她们以为发现了一枚炸弹，为之自豪不已，但那些早就接触过炸弹的人谈起她们的发现时，就像在说某个玩具一样漫不经心，而且还是一个不怎么能想得起来的玩具，要不是它可以用来打发时间的话。那份文件的存在本身也说明那些**见证**了这一切的人有多么冷漠：不就是准备一些昂贵的礼物，送给一些渴望成功或经历过失败的女孩，先“选中”她们，利用完后再把她们打发了事。

有段时间，伊妮德看着屏幕上那些面孔，感觉她们似乎在嘲笑她，在奚落她：你对我们的故事一无所知。你太老了，还是别再来烦我们了。我们爱上了卡蒂，无论如何，因为认识了她，我们才相信会发生点什么。

照片看多了，伊妮德发现每个女孩身上都有那么一两个令人揪心的细节：领子发白的T恤，指甲上的咬痕，胡乱涂的指甲油，微笑时参差不齐的牙齿……

看着她们，她暗自发誓，我们会有办法的，我会有办法的。

听说“伽拉忒亚事件”的五个月后，伊妮德和埃尔维尔决定在网上发一个帖子，召集该事件的相关证人。

1984至1994年间，您的年龄介于十三岁至十五岁之间。一位女士曾和您搭话，邀请您申请“伽拉忒亚基金会”的奖学金。

经过一次初选后，您受邀参加一次午宴，与奖学金的评委面谈。

我们想听听您的故事。如果您愿意，请参与此次“伽拉忒亚事件”的证据收集活动。初次见面时间定于1月27日星期日（具体细节参见下文）。

点击下面的链接，您将进入一个网址，该网址不会记录您的IP地址，因此您将以匿名的方式回答问题。如果您不想回答某个问题，可以直接跳至下一个问题。

每天夜里，伊妮德总会在同一时刻醒来，凌晨四点四十分。想到即将到来的会面，她忧心忡忡。她盘腿坐在床上，看着窗外高悬的月亮，巴黎北站的路灯投下一片片橙黄色的光晕，圣心大教堂的圆顶上裹着厚厚的云层。楼下传来一阵婴儿的哭泣声，慢慢变得细不可闻。她就这样独自一人坐着，面前摆着一份警方的报告，上面有一些数字代号：0.1、0.2……

0.1 爱撒谎，喜欢穿超短裤，在学校里很活跃，在家里却害怕和客人打招呼，她愿意**不惜一切**，只为拥有**特别的人生**。

0.1 容易被人控制，喜欢卡蒂，她做得好的话，卡蒂也会酌情喜欢她。

0.1 为了午宴精心打扮，成了众人的焦点，在竞争中胜利了一次，两次，但没有第三次。

0.1 为自己表现得“成熟”而自豪，她不说“是”也不说“不”，不说“同意”也不说“不同意”，她在自己也不完全理解的情况下作出了回应。

0.1 去敲父母的房门，十三岁的她支支吾吾，**我有些事想跟你们说**。父母打断她：“明天再说，先去睡觉，太晚了！”随即关上了房门。

0.1 二十岁了，三十岁了，她学会了沉默，世界本就不干净。

0.1来到了平平凡凡的四十几岁，因为曾经是0.1，因为曾经不懂得说“不”而说了“是”，内心饱受摧残。

0.1满怀恐惧，因为自己曾是0.1，内心的羞耻感从未消失过，愧疚之情始终萦绕左右。

0.1是受害者，也是加害者。

埃尔维尔提醒伊妮德：你老说0.1，比说0.2、0.3、0.4、0.5的次数多得多。

伊妮德回答道：谁敢夸口说自己从未做过那个0.1呢？

她拿起铅笔，在纸上画着0.1的样子，画了又擦掉。

0.1现在应该将近五十岁了，也许是个热心的邻居，贴心的姐姐，大方的朋友，模范的母亲……

她和一个律师朋友说起0.1，对方说：“这些女孩子，我们一般叫她们‘小班长’。”她们后面有一堆不愿开口的女孩：0.2、0.3、0.4、0.5……

一位警官对埃尔维尔说，他渐渐觉得这些0.1女孩很可怜，她们其实永远都无法成为自己想象中的0.1，成为幸运儿，因为她们的前面总会存在另外一个0.1。

0.1曾是她们学校里的小明星，1984至1994年，许多著名的作家、歌星、制片人、老板都参加过“午宴”，他们都**知道内幕**。

别忘了，还有那些**目睹这一切**的人：厨师，服务员，楼里的邻居。

在召集证人的帖子下面，有 103 个人表示对这次会面感兴趣。其中有 41 个人登记了信息，用的应该都是假名：安蒂内阿、娜塔莎、科佩利亚、若、比菲……

0.1 也许就在其中。

也许吧，埃尔维尔回答说，但她不会出现的，因为出现就意味着她要面对 0.2、0.3、0.4……

也不一定，伊妮德反驳，也许三十多年来，她一直在等待这个机会，等待接受惩罚，或者等待被人宽恕，直到这些代号不再纠缠她。她会来的。

来了许多人，但互相打招呼的寥寥无几，只有两个人长久地拥抱在一起。有人直接盘腿坐在地板上，背靠着供暖器或钢琴。伊妮德认出了其中一个女子，可是脸明显瘦削了许多，这令她很是吃惊。有人进屋后始终穿着外套，戴着围巾，仿佛随时要走。有人一直在打哈欠，手指在手机上点来点去，好像是不小心来到了这里。有人扎着马尾辫，询问陪她前来的男子能否留下，特别强调对方是她“最好的朋友”。不少人对约在一间舞蹈教室见面感到奇怪，她们想知道“这事”什么时候能结束，还要求保证会面期间不会有人录像或者录音。

伊妮德和埃尔维尔答应了她们的要求，并解释说，只有这间舞蹈教室愿意在星期天免费提供给她们使用。她们给到场的人都发了一张纸，上面有两句话需要补充，这个小练习有助于促进相互了解。

这两句话是：

二十年前，我……

三十年前，我……

伊妮德给众人做示范：

二十年前，我曾把自己的头发剪得很短，父亲因此很不高兴。

三十年前，我读高中，参加了一个学生社团，专门找法子捉弄新生。

说完，伊妮德和埃尔维尔走出教室，在走廊里等了一刻钟。透过半掩的门，伊妮德看到里面的人都在认真写着。

纸条是匿名的，收集上来后，她问大家是否愿意让她大声读出每个人写的话。

有些纸条引来了零星笑声：二十年前，我对性高潮深信不疑。

有些迎来了些许掌声：三十年前，我参加了一场反种族主义的音乐会。

有些引起了笑声和喝彩声：二十年前，我在一次游行时迷上了一个警察。

二十年前，我开始对自己的女儿撒谎。

三十年前，这里有些人知道发生了什么。

三十年前，我们谁也不欠伽拉忒亚什么。

三十年前，我既记不住又忘不掉那些事。

三十五年来，我一直想请求你们的宽恕。

一个女人突然打断了伊妮德的话，手直直伸了过来，像一个知道正确答案的初中生：**那是我**。

伊妮德认出了她，她的脸出现在文件第二页的最顶端，那是一张二十世纪八十年代的胶片照。

那是我，那是我写的。她又重复了一遍：**三十五年来，我一直想请求你们的宽恕**。

她站起身，在其他窃窃私语的女子中显得鹤立鸡群。她是 0.1 或者 0.2？她抬手重新扎了扎马尾辫，随后从裤子口袋里抽出一张纸，纸被折了两折。窸窣声中，她打开那张纸，上面写了百来个字，之前她从未读过。

我有些事情想和你们说，想给你们读一段经文……

等一下！有人打断了她的话。声音来自教室尽头，那个女人不停说着“等一下……等一下”，朝前跑去，跌跌撞撞地跨过地面成堆的外套，推开沿途的椅子。她一头及腰的长鬈发。两人离得越来越近，最后终于面对面站着。前面的人赶忙抓起了她的手，抓得紧紧的，拦住了她，或者说是抱住了她。

感 谢

感谢愿意抽出时间给我的舞者和编舞师：米耶·科康波、让－路易·法尔克、露易丝·古卢泽勒、克里斯蒂娜·阿西、弗拉达·克拉西尔尼科娃、纳塔莉·皮贝利耶和索菲·泰利耶。

感谢女服装师葛文·布东。

感谢菲利普·努瓦塞特和韦恩·贝耶斯，有了他们的帮助，我才能见到这些美丽的人。

感谢法布里斯·阿尔菲、瓦尼那·加利利、诺埃米·吉凯尔、克洛蒂尔德·勒珀蒂、玛丽安娜·佩尔塞夫、让－马克·苏维拉、马里那·蒂尔希。

感谢玛丽－卡特琳娜·瓦谢认真的审阅，感谢贝特朗·皮。

感谢热雷米·拉尔德里奇的大篷车。

感谢路易·皮蒂奥的初次审阅。

谢谢你，奥利维埃。